光文社文庫

文庫書下ろし／長編時代小説

茶会の乱

御広敷用人 大奥記録(六)

上田秀人

光　文　社

この作品は光文社文庫のために書下ろされました。

目次

御広敷略図

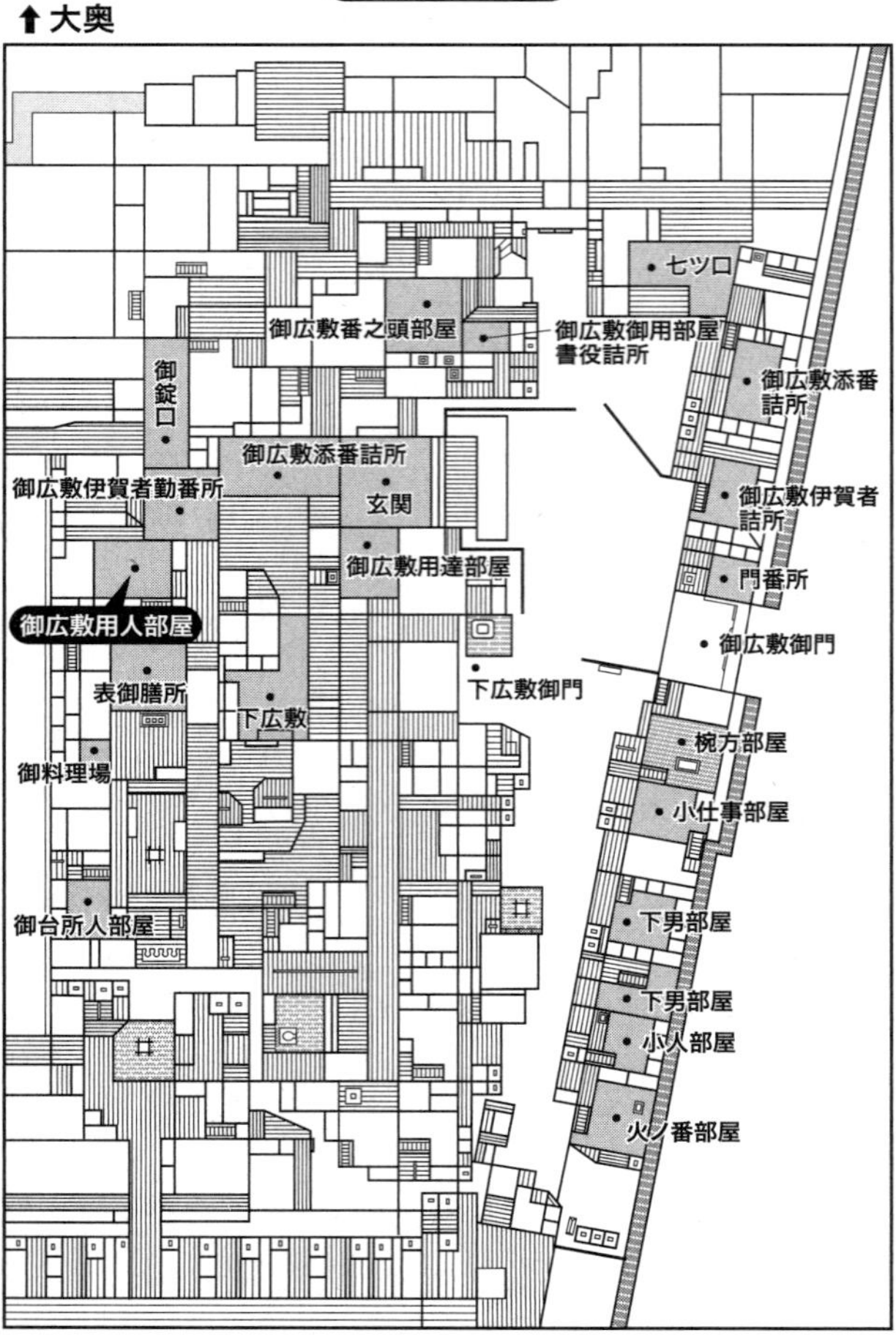

↑大奥
セツロ
御広敷番之頭部屋
御広敷御用部屋書役詰所
御広敷添番詰所
御錠口
御広敷添番詰所
玄関
御広敷伊賀者勤番所
御広敷伊賀者詰所
御広敷用達部屋
門番所
御広敷用人部屋
御広敷御門
表御膳所
下広敷
下広敷御門
椀方部屋
御料理場
小仕事部屋
下男部屋
御台所人部屋
下男部屋
小人部屋
火ノ番部屋

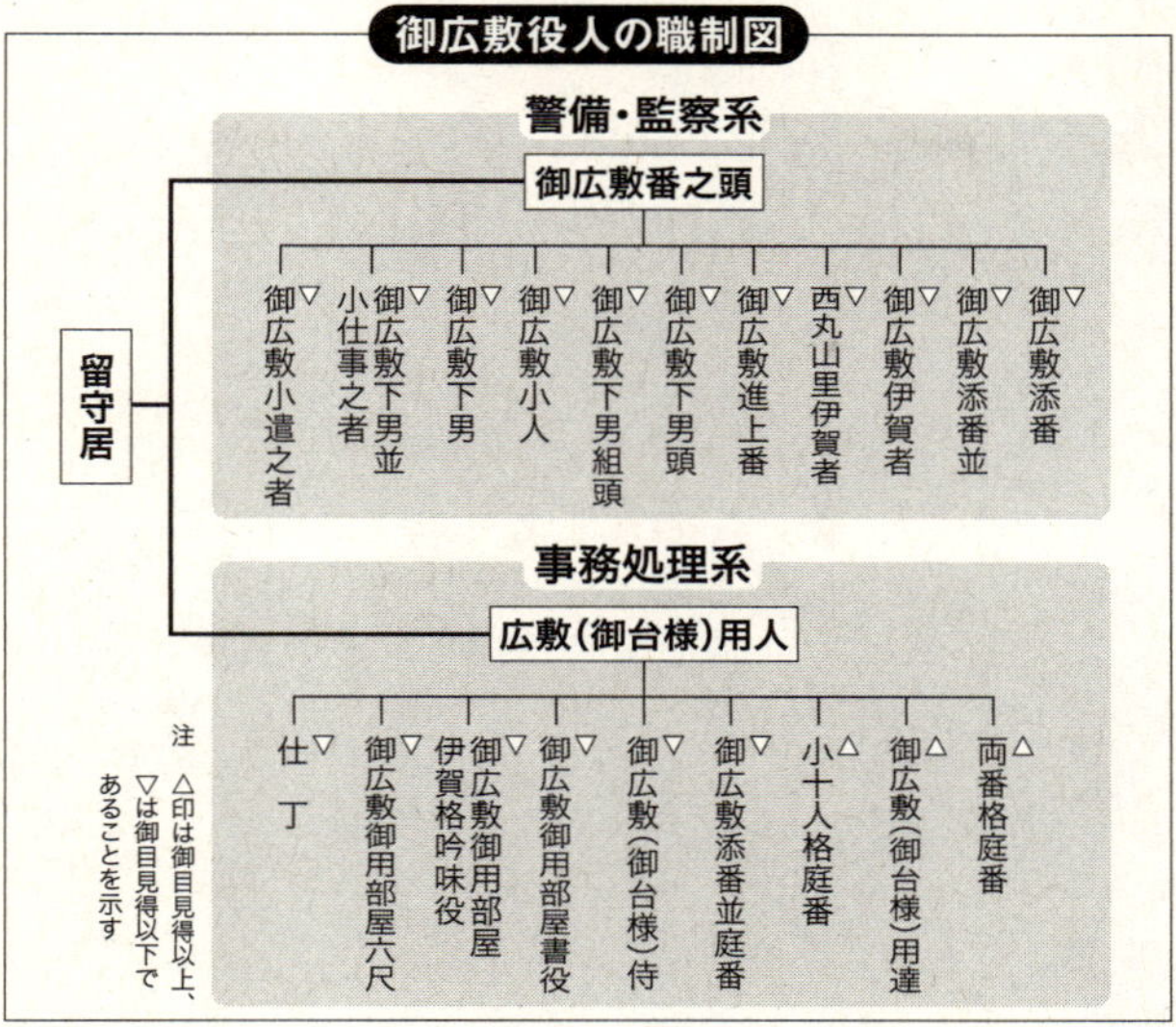
御広敷役人の職制図
留守居
警備・監察系
御広敷番之頭
御広敷添番▽
御広敷添番並▽
御広敷伊賀者▽
西丸山里伊賀者▽
御広敷進上番▽
御広敷下男頭▽
御広敷下男組頭▽
御広敷小人▽
御広敷下男▽
御広敷下男並▽
小仕事之者
御広敷小遣之者▽
事務処理系
広敷（御台様）用人
両番格庭番△
御広敷（御台様）用達△
小十人格庭番△
御広敷添番並庭番▽
御広敷（御台様）侍▽
御広敷御用部屋書役▽
御広敷御用部屋
伊賀格吟味役▽
御広敷御用部屋六尺▽
仕丁▽
注
△印は御目見得以上、
▽は御目見得以下で
あることを示す

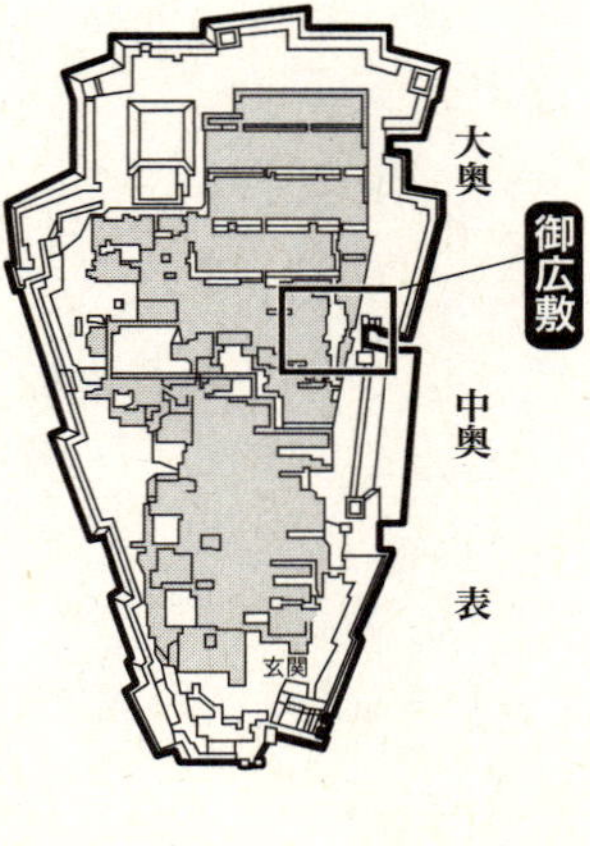
大奥
御広敷
中奥
表
玄関

御広敷用人　大奥記録（六）

茶会の乱

茶会の乱　主な登場人物

水城聡四郎《みずきそうしろう》……………勘定吟味役を辞した後、在任中の精勤を称されて、八代将軍吉宗直々のお声がかりで寄合席に組み込まれた。聡四郎は将軍の代替わりを機に役目を退き無役となっていたが、吉宗の命を直々に受け、御広敷用人となる。

水城　紅《みずきあかね》…………聡四郎の妻。江戸城出入りの人入れ屋相模屋伝兵衛の一人娘だったが、聡四郎に出会い、恋仲に。聡四郎の妻になるにあたり、いったん当時紀州藩主だった吉宗の養女となり、聡四郎のもとへ嫁す。それゆえ、吉宗は義理の父となる。

大宮玄馬《おおみやげんば》…………水城家の筆頭家士。元は一放流の入江無手斎道場で聡四郎の弟弟子だった。無手斎から一放流小太刀を創始していいと言われたほど疾い小太刀を遣う。

入江無手斎《いりえむてさい》…………一放流の達人で、聡四郎の剣術の師匠。

相模屋伝兵衛《さがみやでんひょうえ》………江戸城出入りの人入れ屋で、紅の父。ときに聡四郎に知恵を貸す。

天英院《てんえいいん》…………第六代将軍家宣の正室。

月光院《げっこういん》…………第六代将軍家宣の側室で、第七代将軍家継の生母。

徳川吉宗《とくがわよしむね》…………徳川幕府第八代将軍。聡四郎が紅を妻に迎えるに際して、紅をいったん、吉宗の養女としたことから、聡四郎にとっても義理の父にあたる。

第一章　御広敷の乱

一

御側御用取次《おそばごようとりつぎ》は、別名御用掛御側衆ともいう。八代将軍吉宗《よしむね》が、就任直後に新設したもので、紀州《きしゅう》から連れてきた小笠原胤次《おがさわらたねつぐ》、有馬氏倫《ありまうじのり》、加納久通《かのうひさみち》の三人を任じたのが最初であった。その職務は、老中《ろうじゅう》以下諸役人の謁見の取次を主たるものとし、他に中奥《なかおく》すべての差配、御庭之者《おにわのもの》の支配などをおこなった。

中奥談部屋《なかおくだんじ》に詰め、三人で日勤を務めた。宿直《とのい》の義務は課せられていない。といっても、とくに選ばれて、老中を抑えるだけの権を与えられるほどの寵臣《ちょうしん》である。夕刻になったからといって、すんなり下城などするはずもなく、かならず一人は部屋に残り、吉宗の不意な呼び出しに備えていた。

「近江守《おうみのかみ》さま」

談部屋で宿直していた加納近江守久通へ、天井裏から声がかけられた。

「古坂《こさか》か。なにがあった」

加納近江守が天井を見あげた。

「御広敷用人水城聡四郎《みずきそうしろう》の屋敷が襲われましてございまする」

「襲ったのは御広敷伊賀者《いがもの》か」

「組頭藤川義右衛門《ふじかわぎえもん》の他二名でございました」

確認された御庭之者古坂吉平《きちへい》が告げた。

「どうなった」

「藤川だけが逃げ出しましてございまする」

「水城の屋敷は」

「半刻《はんとき》（約一時間）ほど様子をうかがいましたが、人の出入りはございませなんだ」

問われた古坂が答えた。

「医者も呼ばなかった……ということだな」

「………」

無言で古坂が首肯《しゅこう》した。

「さすがだな。伊賀者三名を相手に怪我もせぬとは」

加納近江守が、聡四郎の腕に感心した。

「藤川はどこへ行った」

「申しわけございませぬ。後を追うにも人手が……」

行く先はわからないと古坂が詫びた。

「いや、いたしかたあるまい。なにせ、大奥の守りである伊賀者が敵なのだ。上様《うえさま》のご身辺を警固《けいご》するだけで手一杯だろう」

身を小さくした古坂を、加納近江守がなぐさめた。

「上様には明日にでもご報告しておく。あと、早急に御庭之者の増員が要《い》りようだとのお願いもしておこう」

「お願い申しあげまする」

加納近江守の気遣いに、古坂が礼を述べた。

「それだけか」

「もう一つ……」

古坂が述べた。

「なんだ」

発言を加納近江守が促した。

「水城が、伊賀の女忍《おんなしのび》を匿《かくま》っておるようでございまする」

「なにっ」

襲撃には驚かなかった加納近江守が目を見開いた。

「あいにく、確認はできておりませぬが、今回、藤川たちが水城家へ侵入した目的は、その女忍を取り返すのが主であったようで」

「なぜわかった」

加納近江守が問いただした。

「屋敷の塀《へい》をこえる前に、藤川たちがそのような話をしておりました」

「聞いていたのか……それでいて水城を襲わせたのか」

一瞬、加納近江守が咎《とが》めるような口調になった。

「上様より、厳に手出しを禁じられておりますれば」

感情のこもらない声で古坂が言った。

「……忘れてくれ」

加納近江守が苦い顔をした。

「以上でございまする」

報告は終わったと古坂が締めくくった。

「ご苦労であった」

「では」

ねぎらわれた古坂の気配が消えた。

「……また面倒なことをしてくれる。水城」

一人になった加納近江守が嘆息した。

「伊賀の郷《さと》の女忍……」

加納近江守が腕を組んだ。

「竹姫《たけひめ》さまを狙った女忍を上様がお許しになられるとは思えぬ」

将軍として大奥へ入った吉宗が、一目見て惚《ほ》れた竹姫である。その竹姫を殺そうとした女忍を吉宗が見逃すはずはなかった。

「かといって、お報《しら》せせぬわけにはいかぬ。話はかならずや、上様の耳に届く」

御庭之者の支配をゆだねられているとはいえ、御側御用取次は主君ではない。御庭之者を作り、手の者としているのは吉宗なのだ。加納近江守が口にしなかったところで、数日遅れるていどでしかなかった。

「水城に咎めが及ばぬよう、尽くしてやるくらいしかないか」

加納近江守が肩を大きく落とした。

「今、水城を失うわけにはいかぬ」

加納近江守が首を左右に振った。

「まだ幕府は上様のものになっていない。どころか、上様の急激な幕政への介入に反発が強まっている。そんなときに、大奥を抑える人材がいなくなっては困る」

難しい表情で加納近江守が独りごちた。

徳川家康《とくがわいえやす》が江戸に幕府を開いてから百十年あまり、世のなかから戦《いくさ》はなくなり、泰平となった。それにつれて、幕府の敵も変わった。薩摩《さつま》の島津《しまづ》や加賀《かが》の前田《まえだ》、仙《せん》台《だい》の伊達《だて》などの外様《とざま》大名に代わって、敵となったのは金と女であった。

家康が豊臣秀頼《とよとみひでより》から取りあげた莫大な財も五代将軍綱吉《つなよし》が使い果たし、幕政は毎年大きな赤字を垂れ流すようになっている。金がなければ、武器をそろえることもできず、政《まつりごと》をなすわけにもいかない。天下の維持ができなくなるのだ。

吉宗が将軍となって、最初に取り組んだのが、この問題だったことからもわかる。

その金にもからむもう一つの敵が、女、そう、大奥であった。

大奥は将軍の閨《ねや》であり、正室と側室が起居《ききょ》する場所でもあった。

庶民でも妾《めかけ》を囲うのに金がかかる。とくに大奥の女は浪費が激しかった。当然である。なにせ、大奥にいる女たちの意義はただ一つしかない。将軍の目にとまり、その情けを受け、跡継ぎを産む。そのためだけに大奥はあり、女たちが集められている。将軍の寵姫《ちようき》となるには、他人より目立たなければならない。凡百《ぼんひやく》な女に、将軍の手は伸びないのだ。となれば、他の女よりも着飾らなければならなくなり、身体付きをよくするために美食することになる。金がかかって当たり前であった。

それだけなら、大奥は幕府の敵たりえない。締め付ければすむ。だが、そう簡単にはいかなかった。なぜなら大奥は将軍世継ぎを握っているからである。将軍の子を産み、育てる。大奥は次の将軍を手中にしているのだ。

大奥しか知らない世継ぎが、次の将軍になればどうなるか。大奥のいうとおりに動く将軍の誕生である。

「あの者は、老中としてふさわしくはございませぬ」

女が、将軍へささやけば、老中の首が飛ぶ。

手にした地位を失いたくないがゆえに、老中でさえ女の機嫌を取る。

大奥の権は大きくなりすぎた。

それも吉宗が変えようとしていた。吉宗は大奥から多くの女を追放したのを手始めに、予算を大幅に削った。

今まで潤沢に遣えてきた金を減らされて、黙っている者などいない。大奥は吉宗の敵に回った。

その大奥の所用を差配しているのが、御広敷用人である。義理とはいえ、娘婿で腹心《ふくしん》である聡四郎を御広敷用人に配したのは、吉宗が大奥を抑えるためであった。

「水城は、よくやっている」

聡四郎の活躍は、吉宗も認めている。加納近江守としても、聡四郎をはずす理由はないと考えていた。

「果たして、上様がご辛抱なさるか。上様の竹姫さまへのご執心がなあ……」

加納近江守が苦く顔をゆがめた。

男が愛おしいと思う女を守ろうとするのは本能である。

「どうすれば……」

ふたたび加納近江守は思案にはまった。

将軍の目覚めは明け六《む》つ（午前六時ごろ）前と決まっていた。小姓《こしょう》によって起こされた吉宗は、洗面、朝餉《あさげ》、医師による診察を受ける。これらが終わってようやく、吉宗との目通りが始まる。

「おはようございまする。本日もご機嫌うるわしく、近江守、恐悦至極《きょうえつしごく》に存じまする」

将軍御休息《おきゅうそく》の間《ま》下段中央で、加納近江守は型どおりのあいさつをした。

「うむ。今日の最初は誰だ」

将軍への目通りは御側御用取次をとおさなければならない。つまり、加納近江守からまず名前を告げられる形になる。いつものように吉宗が問うた。

「わたくしめにございまする」

「……なにかあったな、昨夜」

言われてすぐに吉宗が気づいた。

「畏《おそ》れ入りまするが……」

「一同遠慮せい」

加納近江守が願う前に、吉宗が他人払《ひとばら》いを命じた。

「はっ」

寵臣と二人きりで密談するのは、いつものことであった。すなおに小姓と小納戸《こなんど》が御休息の間を出ていった。

「寄れ」

吉宗が手で加納近江守を招いた。

「ご免」

加納近江守が、上段の間へと膝で進んだ。

「申せ」

「はい。昨夜、御庭之者の古坂より……」

まず、藤川らの話を加納近江守はした。

「おろかすぎるな。いかに小者《こもの》とはいえ、諸国探索の任も担っていたのだろう、伊賀者は。その組頭が、そのていどでよく隠密《おんみつ》が務まったな。いや、今まで、真の意味で隠密を使いこなせるだけの執政たちがいなかったというべきか」

吉宗があきれた。

「藤川がどこへ逃げたか調べさせよ」

「承知いたしました」

命を加納近江守が受けた。

「見つけ次第、処分せい」

「尋問は」

「不要じゃ」

「藤川をかばっておる者がおりましたならば……」

「たたきつぶしてくれるわ」

吉宗が宣した。

「お心のままに」

加納近江守が頭を下げた。

「……まだなにかあるな」

一礼して下がろうとしない加納近江守に、吉宗が気づいた。

「はい。もう一つ……」

額《ひたい》を畳に付けたままで、加納近江守は聡四郎のことを報告した。

「……伊賀の郷の女忍……竹姫を襲った女か」

「おそらく」

たしかめたわけではない。加納近江守は推測だと答えるしかなかった。

「聡四郎め……」

吉宗が頬をゆがめた。

「あやつは、躬《み》が竹をどれだけ気にしているか知っておる。それでいて女忍を助けた。なにか思惑があるのだろう」

顔をしかめたままで、吉宗が言った。

「と存じまする」

加納近江守がほっとした。

「聡四郎を呼び出せ。話を聞く。それでもし……」

吉宗の声が低くなった。

「もし……」

加納近江守が下から吉宗の顔色をうかがった。

「躬の意をくめぬ者に用はない」

冷たく吉宗が述べた。

「…………」

加納近江守が息を吞んだ。

「聡四郎をこれへ」

「……ただちに」

命じられたことに逆らうわけにはいかなかった。加納近江守が腰を上げた。

二

御広敷用人は、それぞれに担当する相手があった。御台所《みだいどころ》の用人を筆頭とし、姫さまがた、お腹《はら》さまがたと格が下がっていった。

御台所のいない吉宗の大奥では、先代に当たる七代将軍家継《いえつぐ》の生母月光院《げっこういん》、六代将軍家宣《いえのぶ》の正室天英院《せいしつてんえいいん》の二人が最高位であった。その二人に次ぐのが、竹姫であった。

清閑寺《せいかんじ》権大納言《ごんのだいなごん》熙定《ひろさだ》の娘竹姫は、五代将軍綱吉《つなよし》の側室で叔母にあたる大典侍《おおすけ》の局《つぼね》の招きで、江戸へ下った。まだ三歳でしかなかった竹姫を、大典侍の局だけでなく綱吉も愛《め》で、ついにその養女とした。形だけではあるが、竹姫は綱吉の娘となった。

将軍の姫として大奥で高い格を与えられた竹姫だが、その待遇も綱吉の死まであった。生類憐《しょうるいあわ》れみの令などの失政で、幕府に大きな傷を付けた綱吉の事績は、六代将軍家宣によってすべて否定され、消し去られた。その粛清に竹姫も巻きこまれた。さすがに放逐《ほうちく》されはしなかったが、綱吉の影を引きずるものとして、忘却の彼方《かなた》に追いやられてしまった。竹姫は、六代将軍家宣、七代将軍家継と二代にわたり、嫁に出されることもなく大奥で飼い殺しにされていた。とはいえ、格としては、現在大奥で第三位である。その竹姫付きとされた水城聡四郎も、御広敷用人第三席の格を与えられていた。

「水城」

御広敷用人で最先任の小出半太夫《こいではんだゆう》が、用人部屋に入ってきた聡四郎に呼びかけた。

「なんでござろう」

聡四郎は、用人部屋の最奥に座る小出半太夫のもとへ向かった。

「先日、竹姫さまのご代参がござったの」

「ございました」

深川八幡宮《ふかがわはちまんぐう》への代参は公式な行事ではなく、竹姫の私的な参拝だったが、大奥の女陸尺《ろくしやく》と駕籠《かご》を使っている。隠せるはずはない。聡四郎は認めた。

「なにかあったのか」

「……と言われまするとＪ

代参では竹姫が襲われるという大事件が起こっていた。もちろん、表沙汰《おもてざた》にできる話ではない。なにせ、竹姫は吉宗の弱みなのだ。襲われたこちらに非はないとはいえ、言いがかりはいくらでも付けられる。どのような話が出るのかと聡四郎は警戒した。

「供をしたお末《すえ》が一人、行方知れずになったという噂を聞いた」

「お末が一人、戻っておらぬと」

「うむ」

確認した聡四郎に、小出半太夫がうなずいた。

「竹姫さま付きの女中、鈴音《すずね》のお末……孝《こう》と申したかが、おらぬのではないかと、お次《つぎ》から話があった」

小出半太夫が説明した。

お次とは、大奥女中の役目の一つであった。大奥へ贈られる物品の差配と同時に、身分低い女中たちを監督した。

「そのお次の名前は」

「加江《かえ》という」

「……加江でございますか。どこの局の出でございましょう」

重ねて聡四郎は訊いた。

局とは、お腹さま、側室、年寄《としより》、上臈《じょうろう》、中臈《ちゅうろう》などの大奥で高い地位を誇る女たちに与えられる住居である。ちょっとした屋敷並みの広さがあった。局の主人である高級女中たちは、そこに配下となる縁者や知己《ちき》の女を迎え入れ、それらを大奥役人として送りこむことで、己の権を確立していた。当然局から推されて役目に就いた女中は、その局のために働く。

「月光院さまの局だったかと思うが……」

ちらと小出半太夫が右に座っている御広敷用人へ目をやった。

「さよう」

右の御広敷用人が首を縦に振った。

「さようでございますか。わかりましてございまする。一度、調べさせていただきまする」

「うむ。まさかと思うが欠け落ち者など出さぬようにな。いかにお末といえども、大奥の女中には違いない。逃げ出したなどとなれば、上様のお名前に傷が付きかねぬ」

一度、小出半太夫が言葉を切って、聡四郎を見つめた。

「万一、不義密通などあれば、鈴音の責は免れかねぬ。いや、事と次第によっては、竹姫さまに累《るい》が及ぶこともありえる。わかっているだろうが、そうなれば、おぬしも……」

最後まで言わず、小出半太夫が聡四郎から目をそらした。

「わかりましてございまする。お気遣いいただき、かたじけのうございまする」

聡四郎は一礼して、小出半太夫から離れた。

御広敷用人は、吉宗によって創設された役目であった。当初選ばれた四人は、紀州藩から吉宗に付いてきた者ばかりで、そこへ旗本出身の聡四郎が加わった。紀州家臣から幕臣へと鞍替《くらが》えした者のなかに、代々の旗本が入りこんできた。いわば、聡四郎は異物であった。なにより、出自の正しさからいけば、陪臣出身の小出らと聡四郎の間には一線がある。新設されたばかりの役目だからこそ、紀州出の者ばかりでも認められている。しかし、幕府には長く続けてきた旗本の矜持《きょうじ》というのが染みついている。いずれ、新参でしかない小出たちは落とされ、聡四郎が表面に出てくるのは自明《じめい》の理《り》なのだ。とはいえ、小出たちにとっておもしろい話ではない。機があれば、聡四郎を排そうとするのも当然であった。

「まずったな」

用人部屋を出ながら、聡四郎は唇を噛《か》んだ。

「竹姫さまの無事しか考えていなかったわ」

聡四郎は小さくため息をついた。

吉宗の想い人を護ることに必死で、他に考えが及ばなかった。

竹姫の局に属しているお末の孝は、伊賀の女忍だった。敵は当然排除しなければならない。そこに妥協は許されなかった。女であれ、牙剝《きばむ》いた敵を逃がすなどありえなかった。逃がせば、ふたたび敵として立ちはだかるかも知れないのだ。竹姫の守り人である聡四郎に容赦する余裕などなかった。

「孝を討ったことを悔いはせぬ。したが、そのあとが悪かったな。開けた穴をふさぎ忘れていたわ」

聡四郎は反省した。

「後悔している暇はない。どう手を打つか」

用人部屋外の廊下で、聡四郎は思案した。

「お困りのようでございますな」

困惑している聡四郎に声がかけられた。

「誰だ……」

見覚えのない顔に聡四郎は緊張した。

「御広敷伊賀者穴太小介《あのうこすけ》でございまする」

「なに用だ」

聡四郎は警戒した。御広敷伊賀者は敵として聡四郎の前に立ちふさがっている。

「お手向かいはいたしませぬ」

穴太が両手をあげた。

「まず、お詫びを申しあげまする。昨夜、藤川らがご無礼をつかまつりましたこと、御広敷伊賀者を代表して、謝罪いたしまする」

「形だけの謝罪など、信用できん」

冷たく聡四郎は拒絶した。

「当然でございましょう」

反論せず、穴太が認めた。

「しかし、伊賀組は変わりましてございまする」

「何度も言わすな。口先だけの話は無用だ。何度、伊賀者に命を狙われたと思っているのだ」

聡四郎は厳しく咎めた。

「はい」

穴太が頭《こうべ》を垂れた。

「わかりまする。しかし、もう一度、お許しをいただきますよう。もちろん、何もなしにとは申しませぬ」

「ふん。金でも払うというのか」

鼻先で聡四郎は笑った。

「あいにく、伊賀者に金はございませぬ」

情けなさそうに、穴太が首を振った。

「では、なにを出す」

「首を」

穴太が言った。

「……おまえの首に価値はない」

「わたくしの首ではございませぬ。前の組頭藤川の首を差し出しましょう」

「なんだと」

予想外の答えに、聡四郎は驚いた。

「ご無礼ながら、御広敷用人さまには、伊賀組をお潰《つぶ》しになられるおつもりでございましょう」

「……………」

聡四郎は沈黙した。妻紅《あかね》の命を狙われたことが、聡四郎の辛抱を断った。紅のお腹《なか》には聡四郎の子がいるのだ。夫として、父として、我慢できなかった。

「当然のことだと思いまする」

穴太が続けた。

「今まですべて、こちら側に責がございました。襲いかかって返り討ちにあったからと復讐するなど、どこの世間でもとおる話ではございませぬ」

「ようやくわかったか」

「わかっていなかったのは、藤川だけでございました。じつは、わたくし、昨夜の襲撃に誘われておりました」

「なに」

聡四郎が声を低くした。

「即座に断りましてございまする」

「止めなかったのだな」

「……はい。止められる状況ではございませなんだ。藤川は完全に追いつめられておりましたので」

表情を穴太がゆがめた。

「他の者も藤川から離れておりました。ゆえに、二人だけですんだのでございまする」

「自慢げに言うな。二人も加わったというのが、問題だとわからぬのか」

怒りを聡四郎は露《あら》わにした。

「申しわけございません」

素直に穴太が謝った。

「で、首を差し出すというなら、藤川は伊賀組に帰ってきたのだな」

水城家を襲ったときに正体が割れているのだ。居場所がわかれば、徒目付《かちめつけ》の捕縛は避けられない。

「いいえ。組屋敷にも、伊賀者番所にも戻っておりませぬ」

穴太が否定した。

「では、どうやって首を差し出すというのだ」

「探しまする。逃げた伊賀者を捕らえられるのは、伊賀者にしかできませぬ」

問う聡四郎に、穴太が胸を張った。

「ふむう」

聡四郎はうなった。

忍の動きの速さ、気配のなさについて、聡四郎は嫌というほど知っている。目付や徒目付が探してどうなるものでもないと理解していた。

「いかがでございましょう」

「望みはなんだ」

忍はただで動かない。聡四郎は代償を訊いた。

「上様へのお取りなしをお願いいたしたく」

穴太が願った。

「吾《われ》の取りなしていどで、上様が変わられるとは思えぬぞ」

「それについては、どのような結果となりましても、決して恨みには思いませぬ」

聡四郎の返答に、穴太が応じた。

「当然だな。伊賀は潰される。上様に逆らったのだからの」

冷酷に聡四郎は告げた。

「………」

穴太がうつむいた。

「……御広敷用人さまは、遠藤湖夕《えんどうこゆう》と会われましたそうでございますが」

「遠藤湖夕……ああ、山里《やまざと》伊賀者組頭の。上様のお供をして会った」

すぐに聡四郎は思い出した。山里伊賀者は大奥警固を任とする御広敷伊賀者と違い、江戸城の退き口を守っている。江戸城を攻める敵がいない今では閑職の最たるものであった。

その山里伊賀者に吉宗が目をつけた。人員増加の難しい御庭之者の補助として、山里伊賀者を引き抜いたのだ。もちろん、御広敷伊賀者に対抗するためであった。

「藤川が逃げ出さずとも……数日以内に御広敷伊賀者の組頭は交代いたしておりました」

「それが遠藤湖夕だと」

「はい」

穴太が肯定した。

「藤川はどうするつもりだったのだ」

聡四郎が尋ねた。

伊賀者組頭は目付と同様、仲間内からの推挙で任じられた。これは、幕府からの命で、その進退をどうこうしないという慣例であった。

「慣例など、上様のご命の前には、なんの役にも立ちませぬ」

小さいながら、はっきりと穴太が首を左右に振った。

「藤川は隠居のうえ、謹慎」

「おとなしく従うとは思えぬぞ」

「……」

穴太が口籠《くちご》もった。

「そのときは……」

暗い光を穴太の瞳が放った。

「仲間を守るのが伊賀ではないのか。そのための掟《おきて》だろう」

さんざん掟を理由に命を狙われたのだ。聡四郎は問わずにいられなかった。

「掟は伊賀を守るためのものでござる」

穴太が答えた。

かつて徳川家に仕えるまで、伊賀は貧しい国土にすがりつくようにして生きていた。郷《さと》の者を賄《まかな》うだけの収穫がない山間《やまあい》の地で、生きていくためには国を出て金を稼ぐしかない。こうして伊賀の者たちは、忍として他国へ出向いた。

外に出た者が生きて金を送らないと、国に残った者が飢える。これが伊賀の掟を生み出した。仲間を殺した者への復讐。こうすることで、外へ出ていく者たちの心を鼓舞《こぶ》し、残って金を送ってもらう者たちの罪悪感を薄くする。それが掟の正体であった。

「伊賀を守るためなら、仲間でも殺すか。つごうのよいことだ」

聡四郎はあきれはてた。

「なんと言われようとも、反論はできませぬ」

穴太も認めた。

「ですが、我らも生きていかねばなりませぬ。まさか、忍には生きていく価値さえないと言われるおつもりか」

「忍であろうが、庶民であろうが、生きたいと思うのは当然だろう。それを邪魔する気はないが……他人の命を奪おうとしておきながら、己だけ生きたいなどというのは、理不尽でしかない」

厳しく聡四郎は咎めた。

「それは水城さまにもいえることでございましょう。水城さまは、今までどれだけの者を倒してこられました」

穴太が言葉で切り返してきた。

「数えてはおらぬな」

聡四郎は応じた。

「それは他人の生を邪魔したのではございませぬか」

「襲われたから身を守っただけ。吾から太刀《たち》を向けたことはない」

迫る穴太へ、聡四郎は返した。

「他人を殺したことに変わりはございますまい」

「犬でさえ叩かれれば、嚙みつく。それが悪だというなら、上様へ人殺しと言って来るのだな」

「……なっ」

穴太が目を剝《む》いた。

「吾は上様が襲い来た敵を斬られたのを見ている。同じよな。いや、上様を引き合いに出さずとも、家康さまでいい。家康さまは、天下を取るまでにどれだけの敵を滅ぼしてこられたか。それをおぬしは批判するのだな」

「それは……」

さっと音が立つかのように、穴太の顔色がなくなった。

幕府において、神君と讃《たた》えられる家康を非難することは禁忌《きんき》であった。

「どけ。上様にご報告してくる」

「お、お待ちを」

穴太がすがりついた。

「ふん。藤川がいなくなっても、伊賀は変わらぬ。すなおに頭を下げればいいものを、話を操って相手の弱みを突こうとする。少しでも待遇をよくしたいと考えているのだろうが、負けた側になにかを求める権はない」

氷のような声で聡四郎は穴太を突き放した。

「お許しを」

穴太が平伏した。

「…………」

無視して歩き出そうとした聡四郎は、足の重さに動きを止めた。

「なにとぞ」

しっかりと穴太が、聡四郎の袴《はかま》の裾を摑《つか》んでいた。

「離せ」

「いいえ。離しませぬ」

穴太が拒んだ。

「お許しいただくまで離しませせぬ」

「ふざけたまねを……」

聡四郎は憤怒《ふんぬ》した。ずっと伊賀者には煮え湯を呑まされ続けている。辛抱も限界であった。

「……」

蹴り飛ばそうとした聡四郎は、声をかけられたことで機を逃した。

「なにをいたしておる」

「近江守さま」

振り向いた聡四郎へ加納近江守が近づいてきた。

「このようなところまで、どうかなさいましたか」

御側御用取次は、基本として将軍の側から離れない。聡四郎は穴太のことを忘れて、訊いた。

「水城、上様がお呼びである」

「上様が……ただちに」

将軍の命は絶対であり、遅滞なく従わなければならない。まして、相手は気の短い吉宗である。聡四郎は動こうとして、まだ裾が摑まれていることに気づいた。

「離せ」

「……」

泣きそうな顔で穴太が聡四郎を見た。

「その形《なり》は伊賀者であるな。上様の御用を妨げるとなれば、そのままには捨て置かぬぞ」

「なにとぞ」

加納近江守が穴太へ言った。

もう一度願って、穴太が手を離した。

「…………」

応えることなく、聡四郎は背を向けた。

「吾は少し用をすませてから行く。小姓どもには話をしてある。そのまま目通りいたせ」

加納近江守が残ると言った。

「わかりましてございまする」

聡四郎は中奥へと急いだ。

「さて、愚か者」

残った加納近江守が、穴太を冷たく見下ろした。

「水城に手出しをするとは、何一つ学んでいないな。これでは上様から見限られて

「もいたしかたあるまい」

「はっ」

同心でしかない伊賀者が、将軍側近の御側御用取次相手に、まともな話などできるはずもない。穴太は額を床に押しつけた。

「伊賀組が生き残るためには、どうすればいいかわかっているだろうな」

「耐える……でございましょうか」

断言を避けて、穴太が加納近江守へ窺《うかが》うような声音《こわね》を出した。

「わかっているならばいい。今より上様がどのような命をくだされようとも、いっさい不満を見せず、黙ってしたがえ。これしか伊賀組が生き残る方策はない」

「承知いたしましてございまする」

穴太がもう一度平伏した。

「うむ」

首肯して、加納近江守が踵《きびす》を返した。

「ああ……」

数歩進んだところで、加納近江守が足を止めた。

「わかっているだろうが、一人でも反抗すれば、御広敷伊賀組は謀叛人《むほんにん》となる」

「謀叛……」

言われた穴太が絶句した。幕府においてもっとも重い罪が謀叛であった。こればかりは、どのような事情があろうとも斟酌《しんしゃく》されることなく、一族郎党どころか、九族まで連座させられた。組内でしか通婚、養子縁組をしない伊賀者にとって、九族連座は皆殺しと同じ意味をもっていた。

「芽があるなら、摘んでおけ」

表に出る前に処理しろと伝えて、加納近江守が去っていった。

「……」

一人残された穴太が、呆然《ぼうぜん》と加納近江守の後ろ姿を見送った。

三

加納近江守を残した聡四郎は、御広敷から中奥へと進んだ。御広敷は、大奥の差配を任とする関係上、中奥とも近い。さほどときをかけず、聡四郎は将軍吉宗の居室御休息の間についた。

「御広敷用人、水城聡四郎でござる」

「聞いておる。お待ちであるぞ」

受け付けた小姓が横柄《おうへい》な態度でうなずいた。

小姓は将軍最後の盾である。側近くに仕えることから、名門旗本から選ばれ、格も高い。小姓番と言われるように書院番《しょいんばん》や大番《おおばん》と同じく番方に入り、武芸を表とする幕府において、勘定方《かんじょうかた》や御広敷よりも上席とされた。

「お呼びにより、参上つかまつりましてございまする」

御休息の間下段、襖際《ふすまぎわ》で聡四郎は平伏した。

「来たか、婿よ。そこでは、話が遠い。近《ちこ》う寄れ」

機嫌良く、吉宗が聡四郎を手招きした。

「畏れ入りまする」

聡四郎は応じて、御休息の間上段下座まで膝行《しっこう》した。本来ならば、将軍の指示とはいえ、近づくには、手順を踏まなければならなかった。将軍の威光に圧せられ、進みたくても進めないとばかりに、その場で身を震わせ、三度招かれるまで動いてはならないというものである。しかし、幕政改革を目指す吉宗にとって、これらの儀式は無駄な手間でしかなかった。「呼べばすぐに来い」、吉宗は虚礼の廃止を命じ、従わない者には厳しく対応した。

「紅《あかね》は変わりないか」

わざとらしく、吉宗が聡四郎の妻紅の消息を問うた。

「ご報告申しあげねばならぬことがございまする」

聡四郎は吉宗の顔を見あげた。

「吾《わ》が娘になにかあったのか」

吉宗が気遣うような表情をした。

聡四郎の妻紅は、江戸城出入りの人入れ屋相模屋《さがみや》伝兵衛《でんひょうえ》の一人娘であった。勘《かん》定吟味役《じょうぎんみやく》であった聡四郎と知り合い、二人は相思相愛の仲となった。苗字帯刀《みょうじたいとう》を許されている相模屋の娘とはいえ、五百五十石《こく》の旗本と婚姻するのは難しかった。そこに吉宗が食いついた。まだ、紀州藩主だった吉宗は、跡継ぎのいない幼少の七代将軍家継の次を狙っていた。そのために、幕府財政のすべてを知る勘定吟味役を味方に付けたがった。そこで吉宗は、聡四郎を手中にするため紅を養女にし、紀州藩主の姫として嫁がせたのであった。

「いささか」

聡四郎は口ごもった。

「なるほどの。一族の話を他人に聞かせるのは、恥ずかしいものだ。一同、遠慮いたせ」

手を打って、吉宗が他人払いをさせた。

「上様……」

加納近江守のときには、異を唱えなかった小姓組頭が声をあげた。

「気に入らぬな」

冷たい目で、吉宗が小姓組頭を見た。

「しかし、上様のお身の回りに警固の者がいなくなるというのは……」

「吾が娘婿が、躬を害するとでも」

「そうとは申しておりませぬ。万一、くせ者が……」

小姓組頭が抗弁した。

「この御休息の間まで、敵が入ってこられると。それは、小姓組が役に立たぬということだの」

「そのような……」

あわてて小姓組頭が否定した。

「ならば、大事ないな。下がれ」

犬を追うように、吉宗が手を振った。

「……ふん。しょうもない嫉妬《しっと》を出しおって」

出ていく小姓組頭の背中に、吉宗が投げつけた。

「上様」

思わず、聡四郎は咎めた。

「まちがったことを申しているか。おらぬであろう。己よりも家格の劣るそなたが、吾が婿として遇せられるのに我慢できぬのだ、あやつは」

吉宗が吐き捨てた。

「……それは」

真実だと聡四郎もわかっている。小姓に選ばれる者は、その先の出世も約束されていた。小姓から遠国奉行《おんごくぶぎょう》、目付へ転じていく者は多い。そこからさらに勘定奉行、町奉行へと登っていく者も少なくはない。禄《ろく》もそれにつれてあがり、千石、二千石と増えていく。だが、それまでなのだ。聡四郎のもつ将軍の娘婿という格には、絶対追いつけなかった。

幕府の公式行事ならば、小姓組頭が上席になる。が、将軍の私《わたくし》の行事のおりは、聡四郎は御三家に次ぐ扱いを受ける。五百五十石の旗本が、老中よりも上になるのだ。納得できなくて当然であった。

「割り切らなければならぬ。あやつは、それができぬ。よいか、そなたが躬の娘婿だというのを呑みこめぬのは、将軍である躬への不満でしかない。躬を将軍として敬っていれば、そなたへあのような態度をとれようはずもない。たとえ、肚《はら》のなかでは、気にいらぬと考えていても、表に出すようでは話にならぬ。このていどのことさえできないようであれば、遣いものにならぬ。近いうちに役目を取りあげるつもりじゃ」

吉宗が述べた。

「………」

一度決めたことを、吉宗はまげない。聡四郎は沈黙した。

「さて、紅がどうした」

表情を柔らかくした吉宗が問うた。

「ご心配をいただき、恐縮いたしまする。昨日、わかりましたばかりでございますが……」

落ち着くため、聡四郎は一度息を吸いなおした。

「子を宿しましてございまする」

聡四郎は告げた。

「懐妊したと……まことか」

「はい」

「なんとめでたい。吾が孫か」

吉宗が喜んだ。

「畏れ多いことを仰せられまする」

聡四郎は平伏した。

先ほど小姓組頭を切り捨てると言った冷徹な為政者としての吉宗と、紅に子ができたと聞いて喜ぶ吉宗の差に聡四郎は戸惑った。

「血は引いておらぬが、吾が孫には違いないであろう。よいか、早すぎると申すなよ」

「なんでございましょう」

吉宗の言葉に聡四郎は首をかしげた。

「生まれてきた子供の名前は、躬がつける」

「それは……」

聡四郎は絶句した。

栄誉をとおりこしていた。将軍が名づけをするなど、御三家の子息にでも与えられない名誉であった。もっとも、つけて欲しいとも思わないだろうが。なにせ、将軍が名前をつけた以上、その者以外に跡継ぎはなくなる。つまり、将軍による内政干渉に等しいのだ。

だが、水城家くらいでは、話が違ってきた。将軍に名前をつけられた子供が跡継ぎになるのは当然、そして吉宗あるいはその直系が将軍であるかぎり、その子は寵《ちょう》臣《しん》として格別なあつかいを受ける。

「男であれば、七歳で召し出す」

吉宗が続けた。七歳で召し出される。これは小姓として側近くにおくとのことであった。

「……………」

「遣えるように育てよ」

呆然としている聡四郎に、吉宗が厳しい声で言った。

「娘ならば、躬が嫁入り先を決める」

「なにを仰せになられまするか」

聡四郎は思わず大きな声を出した。

「当たり前じゃ。将軍の孫娘ぞ。御三家でも、五摂家《せっけ》でもやるあてはいくらでもある」

「娘を道具として使われるおつもりでございまするか」

ぐっと聡四郎は身を乗り出し、吉宗を睨《にら》みつけた。

「それで幕府が十年生き延びられるのだぞ」

「…………」

話のすさまじさに、聡四郎は言葉を失った。

「逃げられると思うなよ」

吉宗が釘を刺した。

「まあ、いい。少し先の話だ」

対応できていない聡四郎へ、吉宗が告げた。

「なぜ呼ばれたかはわかるな」

「……伊賀者のことでございましょうや」

とりあえずの棚上げに、なんとか聡四郎は落ち着いた。

「そうだが、そなたのいう伊賀者とはなんだ」

「御広敷伊賀者組頭の藤川でございますが、上様の仰せは違いまするので」

尋ねる吉宗に、聡四郎は首をかしげた。

「聡四郎、そなた躬を謀《たばか》るつもりか」

吉宗の雰囲気が変わった。

「滅相《めっそう》もございませぬ」

聡四郎は首を左右に振った。

「本当に気づいていないのか。それはそれで問題じゃ」

「なんでございまするや」

聡四郎は尋ねた。

「伊賀の郷の女忍を匿っているそうだな」

「はい」

ためらうことなく聡四郎はうなずいた。

「竹を襲った者とわかっていて、なぜだ」

怒りを吉宗が見せた。

「まさか、女を殺すのは気が咎めるなどというのではなかろうな」

「そのような慈悲はもちえませぬ」

はっきりと聡四郎は否定した。

「では、なぜだ」

「わからなかったからでございまする」

「なにがわからぬ」

聡四郎の答えに、吉宗がいらだった。

「伊賀の女忍が、竹姫さまを狙う理由がございませぬ」

「それは、そなたが竹付きの御広敷用人だからであろう」

吉宗が述べた。

「伊賀の女忍は、わたくしあるいは、従者の大宮玄馬《おおみやげんば》によって命奪われた者の身内。すなわち、わたくしどもへの復讐が目的でございました」

「知っておる。ゆえに竹を襲い、そなたに責任を取らせようとしたのではないか」

「取らされますか、上様は」

逆に聡四郎は訊いた。

「竹姫さまが害されたとして、上様はわたくしめをお咎めになられますか」

「……問わぬな。大奥へ男は入れぬ。そなたは用人であって、竹の警固ではない」

頬をゆがめながら、吉宗が言った。

「竹姫さまに何かあれば、上様はお怒りになる。しかし、わたくしにその怒りは向きませぬ。怒りは襲撃した者に集束なされましょう」

「だの。もし、竹に傷一つでもついていれば、伊賀の郷を滅ぼした」

吉宗が同意した。

「しかし、伊賀の女忍は竹姫さまを狙いましてございまする」

「そうか、躬がどう動くかを知らなかったと」

「おそらくは。上様は大奥へおかよいになられておりませぬ。竹姫さまのお末に一人女忍がまぎれておりましたが、お見えになられなければ、上様のおことを知れませぬ」

聡四郎は語った。

「女忍は利用されただけだと。藤川だな」

「でございましょう。それを調べるには、女忍を殺すわけには参りませぬ。事情を聞き出すには、生かしておかなければなりませぬ」

確認した吉宗に、聡四郎は首肯した。

「なるほどの。よくぞしてのけたの。女忍が生きていると知った藤川は、さぞ、あせったであろう」

吉宗が笑った。

「それで、昨日の今日とばかりに、そなたの屋敷を襲撃した。墓穴を掘ったな」

「少し早すぎましたが」

聡四郎は述べた。

「ほう」

少し吉宗の目が大きくなった。

「なぜそう思った」

吉宗が質問した。

「竹姫さまを深川八幡宮で襲う。あからさまに上様へ戦いを挑むまねでございまする。それを藤川一人でできるとは思えませぬ。かならず後ろで支えた者がいたはずでございまする」

「だろうの」

聡四郎の言いぶんに、吉宗も首を縦に振った。

「小物の藤川でございまする。失敗したとなれば、まずそのお方に縋《すが》るかと考えたのでございますが……」

「思っていた以上に、藤川は小物だったと」

「はい。縋るべきお方にも失敗を告げられなかった。なんとかして一人で片を付けようとした」

聡四郎はうなずいた。

「馬鹿ほど一人でなんとかしようとするの。失敗は隠すより、はっきりとさせ、その原因を探り、対処するのが唯一の回復手段だ。気づかれずなんとかしようとすればするほど、取り返しのつかない状態に陥る」

吉宗があきれた。

「上様にお願いがございまする」

「申せ」

「昨日、藤川と二人の伊賀者に紅が傷つけられそうになりましてございまする」

将軍の前である。聡四郎は怒りを静かに抑えた。

「ならぬ。伊賀者は潰さぬ」

先回りして、吉宗が聡四郎の願いを拒んだ。

「上様……」

「伊賀はまだ遣える。御庭之者が増えるまでは、辛抱せよ」

強く吉宗が言った。

「………」

聡四郎は黙った。

「不満そうな顔をするな」

小さく吉宗が嘆息した。

「申しわけございませぬ」

聡四郎は頭をさげた。

「水城」

吉宗が口調をあらためた。

「はっ」

「御広敷伊賀者を預ける」

指示を受ける姿勢をとった聡四郎へ、吉宗が命じた。

「な、なにを……」

聡四郎は唖然《あぜん》とした。

「御広敷伊賀者は留守居《るすい》さまがご支配でございましょう」

留守居とは、その名のとおり、将軍に代わって江戸城の留守を預かる役目である。江戸城すべてを差配するだけに身分も格も高く、旗本役の最高峰とされていた。とはいえ、将軍が江戸にいるかぎり出番がないため、普段は御広敷を管轄しており、御広敷用人である聡四郎もその配下であった。

「留守居は飾りじゃ」

はっきりと吉宗が断言した。

「しかし、決まりから外れるのは、よろしくないかと」

幕府もその設立から八代となった。戦もなくなり、執政もほぼ決められた家柄から出され、政も前例を踏襲するだけになっていた。決められたことに従うのが善であり、新しいことを始めるのは悪というのが、幕府であった。

「それを躬は壊す。でなければ、改革などできぬ。そして、躬の改革がなされなければ、幕府はあと百年もたぬ。幕府千年のためだ。反発は覚悟している。そなたも覚悟せい」

吉宗が語った。

「肚はとうにくくっております。でなければ、御広敷用人をお引き受けいたしておりませぬ」

肚を疑われた聡四郎は、言い返した。

「ならば、してみせよ。留守居には、加納近江守から話をさせる」

「……わかりましてございまする」

すべての手は打たれている。聡四郎は、吉宗の思いどおりにうなずくしかなかった。

「心配いたすな。伊賀には釘を刺してある。今後そなたに逆らうのは、躬に叛逆《はんぎゃく》するも同じであるとな」

「叛逆……」

その意味を悟って、聡四郎は息を呑んだ。

「聡四郎」

吉宗が真剣な口調になった。

「はっ」

声音の変わった吉宗に、聡四郎は表情を引き締めた。

「竹を襲わせた者を見つけ出せ。おそらく、天英院であろうが、女は策がうまい。そう見せかけた月光院の仕業《しわざ》であるやも知れぬ」

一度言葉を切った吉宗が、重い声で続けた。

「……いずれにせよ、躬を侮《あなど》った報いはくれてやる」

「………」

聡四郎は返答できなかった。口にしたことはかならず為《な》す。吉宗の気質を聡四郎は身にしみて知っていた。

「下がっていい」

「ご免」

退出の許しを得て、聡四郎は御休息の間を出た。

四

大奥の主《あるじ》は将軍正室の御台所である。大奥が成立した三代将軍家光《いえみつ》の乳母、春《かす》日局《がのつぼね》が定めた決まりであった。江戸城のなかにありながら、城主である将軍より御台所が優先される唯一の場所大奥、今、その主の座は空《あ》いていた。

吉宗が八代将軍となったとき、すでに正室は逝去していた。また、七代将軍家継は、まだ幼児であり、妻を迎えていなかった。これが大奥をややこしくしていた。側室たちの数だけ派閥があろうとも、すべては御台所に集約する。こうして大奥は秩序を保ってきた。

その大黒柱がない。かつて御台所として大奥に君臨した六代将軍家宣の妻天英院も、夫の死に伴って落髪し、俗世を離れたことで主たる資格を失った。また、七代将軍家継の生母である月光院も息子が生きている間は、その権をもって主同様に振る舞っていたが、正室でなく側室でしかない。家継の死とともに、月光院は主ではなくなった。

主ではない女二人だが、その権は大きい。先々代将軍の正室、先代将軍の生母、どちらも幕政に口を出せる。その二人が大奥にいる。

当代の大奥は、二つに割れ、争っていた。

「月光院さまの局に、薩摩《さつま》侯より茶器が届いたとのことでございまする」

女中が天英院のもとへ注進におよんだ。

「薩摩……あの無骨《ぶこつ》な薩摩焼か。あのような荒々しいものを喜ぶなど、月光院の里が知れる。田舎者は田舎者同士、気が合うと見える」

天英院が頬をゆがめながら、嘲《あざけ》った。月光院のもとには使者を寄こしておきながら、天英院にはあいさつもしなかった薩摩藩への腹立たしさが口調をきつくしていた。

六代将軍家宣の正室だった天英院は、京の公家《くげ》関白《かんぱく》近衛《このえ》基凞《もとひろ》の娘であった。対して月光院は浅草《あさくさ》唯念寺《ゆいねんじ》の住職勝田《かった》玄哲《げんてつ》の娘で、武家身分でさえなかった。

「まこと、お方《かた》さまのように雅《みやび》な育ちではございませぬゆえ」

上臈の姉小路《あねこうじ》が追従《ついしょう》した。

「ふむ。月光院に恥を掻《か》かせてやる案を思いついたわ」

口の端《は》を天英院がゆがめた。

「野点《のだて》の会を催そうぞ」

天英院が言った。

野点とは、茶会の一種である。茶室ではなく庭に毛氈《もうせん》などを敷いて、臨時の茶席として、客を招く。正式な茶会に比べて格が低く、身分の上下もあまりうるさくはない。かつて、天下人豊臣秀吉《とよとみひでよし》が京の醍醐《だいご》において催した花見にも、多くの野点の席が出され、庶民にも同席が許された。

「少し寒くはございませぬか」

季節は秋、朝夕など肌寒さを感じるようになっている。姉小路が危惧《きぐ》した。

「昼間にすればよかろう。それでも寒ければ手あぶりを用意すればよい」

天英院が述べた。

「ですが、茶会ならば、茶室でおこなわれましても……万一、お方さまが風寒《ふうかん》でもおひきあそばされては大事でございまする」

姉小路が再考を促した。

大奥には建物のなかだけでなく、庭の離れにも茶室はあった。

「野点にこそ、意味があるのだ」

「と仰せられまするとお末どもも参加できよう」

「野点となれば、お末どもも参加できよう」

問う姉小路へ、天英院が応じた。

「たしかにお末でも参加はできましょうが……」

お末は大奥でもっとも身分が低い下働きである。別名を犬というところからもわかるように、人扱いされていなかった。姉小路が首をかしげた。

「そのお末に、月光院の茶道具を笑わせるのよ」

「ああ、それは、ご妙案」

小さく笑いながら言った天英院に、姉小路が手を打った。

「お末が茶席に客として座らずともよいのだ。茶室と違い、野点の席に壁はない。近くを通るだけで、茶器も作法《さほう》もすべて見られよう。そのときに月光院の道具を笑ってやればいい。茶の味も知らぬお末に嘲られては、月光院の面目は丸つぶれじゃ」

「まさに、まさに」

姉小路が膝を打って感心した。

「しかし、そのお末は無事ではすみませぬ」

七代将軍家継の生母を馬鹿にしたのだ。いかに、身分上下のない茶席とはいえ、許される話ではなかった。

「お末の一人や二人、どうということもあるまい。責を取ったとして辞めさせればすむ。なにか欠けたならば、新たに求めればいい。大奥で奉公したいという女はいくらでもいよう」

天英院があっさりと告げた。

「おりまする」

姉小路が認めた。

「問題は、月光院が受けるかどうかだが……」

仇敵《きゅうてき》からの誘いである。月光院がのるとは考えにくい。天英院が尋ねた。

「お任せ下さいませ。手はございまする」

自信ありげに、姉小路が首肯した。

「頼もしいの。任せたぞ」

天英院が満足げな顔をした。

「では、月光院付きの松島《まつしま》と、話をして参りまする」

一礼して姉小路が局を出た。

月光院と天英院の仲の悪さは、誰もが知っている。二人の確執は、家宣が六代将軍となったときから続いていた。ほぼ同時期、月光院に家宣の手がついたからだ。正確には、家宣が五代将軍綱吉の継嗣となる少し前だが、確執は家宣の将軍就任から始まった。

将軍には、中屋敷も下屋敷もない。ただ、大奥があるだけなのだ。家宣が甲府《こうふ》藩主だったときは、正室である天英院は上屋敷に、側室の月光院は中屋敷にと、分けることができた。だが、大奥は一つしかない。

一つのところに二人の女が住めば、顔を合わすことも増える。家宣との仲がよく、二人の子までなした天英院にとって、月光院は夫の寵愛を奪っただけでなく、夭逝《ようせい》して跡継ぎとなれなかった吾が子の代わりを産んだ憎い女であった。

武家にとって、いや、名家にとって、跡継ぎほど大事なものはなかった。跡継ぎがなければ、滅びる。目の前で五代将軍綱吉の血筋が絶えたのを見てきた家宣が、ようやく生まれた男子をかわいがったのは当然であり、生母たる月光院をたいせつにしたのも、自然な成り行きであった。それが、子を産んでいながら、二人とも失った天英院には我慢できなかった。とはいえ名家の女の教養として、跡継ぎを産めなければ、夫が他の女に手出しをするのを認めなければならない。嫉妬を夫に向けるのははしたないとされるのだ。となれば憎しみの向かう先は一つ。天英院は、月光院を嫌った。

嫌えば嫌われる。天英院のゆえなきとも言える悪意に、月光院も黙っていなかった。さすがに、家宣が生きている間は身分もあり大きな反抗はしなかったが、やり返すていどのことはした。

女二人の愛憎が絡んだ憎しみ合いは、家宣の死で歯止めを失った。女として見てくれる相手を失った二人は、遠慮も羞恥《しゅうち》も捨てて醜い争いを重ねてきた。

「松島どの、おられるかの」

大奥をほぼ横断した姉小路が、月光院付きの上臈松島の局を訪れた。

「姉小路どの、どうなされた」

松島が局の奥へと姉小路をとおした。

「天英院さまがの……」

姉小路が説明を始めた。

本来仇敵のようにいがみ合わなければならない二人が、親しく話をするのには理由があった。吉宗へ対抗するためであった。

将軍になるなり大奥の力を削《そ》ぎ始めた吉宗のやり方は、敵対していた二人をして手を組まなければ勝てないと思わせるほど強いものであった。とはいっても、二人の主は、親の仇敵のごとく仲が悪い。便宜上とはいえ、手を組むはずなどない。そこで、表向きは、敵対している顔を続けながら、そのじつ、実務を担当する上臈二人はひそかに通じ、大奥を一つにして、吉宗へ抵抗しようとしたのであった。

もちろん、すべてにおいて同心したわけではない。吉宗が敵として立ちはだかっていないときは、相変わらず互いの足を引っ張り合っている。

「野点か、時期が寒くてよろしくはなかろう」

松島が難色を示した。

「日中なら、ちょうどよかろう。汗ばむこともない。かといって寒いわけでもない。中秋《ちゅうしゅう》を過ぎたゆえ、月見を兼ねてとはいかぬが、よい頃合いだと思うぞ」

天英院の肚を隠して、姉小路が誘った。

「……強引じゃの。なにかあるのではなかろうな」

瞳に松島が疑念を浮かべた。

「そうかの。それはうがちすぎではないか」

姉小路が否定した。

「つきあう義理はないの。野点がなさりたいならば、そちらだけでなされればよい」

松島が断った。

「さようか。いたしかたないの。では、我らだけで野点はおこなうでよいな」

「うむ」

念を押した姉小路に、松島がうなずいた。

「では、野点は三日後にさせていただく」

「ご随意にな」

告知した姉小路に、松島が応じた。

「用意もあるゆえ、お庭への出入りは明日よりご遠慮願うぞ」

「なにっ」

松島が驚いた。

「当たり前であろう。野点とはいえ天英院さまが催されるのだぞ。町人どもが花見のついでにおこなうような軽いものではない。相応の準備もある」

「………」

言われて松島は黙った。天英院は関白の娘である。その格式は、百万石の前田家当主よりも高い。庭へ行くだけでも、前触れ、警固と下準備が要るのだ。それが野点となり、半日ほど庭で過ごすとなれば、その座となる場所の安全の確保、食材、水の搬入など、しなければならないことは山ほどある。

「言うまでもなかろうが、野点の当日も庭への出入りはご遠慮願おう」

姉小路が立ちあがった。

「待て。それでは三日も庭へ立ち入れぬではないか」

「となるの」

当たり前のことを訊くなと、姉小路が冷たい顔をした。

「それはなるまい。月光院さまは、お庭を散策されるのをお好みじゃ。それが、野点のためにかないませぬなど、どうして言えようか」

松島が首を小さく左右に振った。

「それは知らぬ。そちらでどうにかするべきであろう。本来ならば、お使番《つかいばん》を寄こして通達するだけですんだのを、妾《わらわ》が足を運んだのは松島どのへの気遣いであるぞ。それ以上を求めるなど、厚かましかろう」

「……………」

冷たく姉小路が拒絶した。

松島が黙った。

「ではの」

「……しばし」

出て行きかけた姉小路を松島が止めた。

「なんじゃ。忙しいのだ。さっさとしてくれぬか。妾はこのあと竹姫さまのもとへお誘いに行かねばならぬ」

姉小路が顔をしかめた。

「竹姫さまをお誘いすると」

「当たり前であろう。上様よりお叱りを受けていた竹姫さまも、先日のご代参の功績で、お目通り禁止を解かれるという噂じゃ。とはいえ、まだ幼い竹姫さまぞ。さぞかし、上様のお言葉はお辛かったであろう。天英院さまは、竹姫さまのご心労を少しでも和《やわ》らげて差し上げようと、今回の野点を思いつかれたのだ。お優しいことではないか」

問い直す松島へ、姉小路が語った。

「……竹姫さまを取りこむつもりだな」

松島が低い声を出した。

大奥にある二つの派閥、天英院派、月光院派、そのどちらとも竹姫を無視してきた。五代将軍綱吉の忘れられた姫など、抱えこんではややこしいからだ。また、手の内に入れるほどの価値もなく、竹姫は大奥で孤立していた。

その竹姫の在り方が変わってきた。吉宗が竹姫を気にしだしたのだ。一時は吉宗が竹姫を正室にするのではないかという噂まで出たほどである。それは吉宗の目通り禁止という咎めがあったことで消えたが、それでも将軍に竹姫の名前が覚えられたには違いなかった。

「お目通り禁止が解かれれば、当然、竹姫さまは、上様にお礼言上《ごんじょう》をなさるであろう。そのおり、咎めの間どうしていたと上様が問われたなれば、竹姫さまはどう答えられようかの。天英院さまよりお気遣いをいただいたと伝えられよう。咎めを受けた者にまで、気配りをなさる。天英院さまこそ、大奥の主としてふさわしいと上様もお考えになられるのではないか」

姉小路が勝ち誇ったように言った。

「それは……」

松島の顔色が変わった。

「もうよいな」

止めていた足を姉小路が前へ進めようとした。

「ま、待ってくれ。お方さまにおうかがいしてくる」

「今更なにを」

松島の願いを姉小路が冷たく拒んだ。

「頼む」

軽くとはいえ松島が頭を下げた。上臈は大奥の女中のなかで最高位である。十万石の格といわれ、表の老中に比肩《ひけん》する権威を持っていた。その上臈が頭を下げる。そうそうあることではなかった。

「貸していいな」

姉小路が念を押した。

「……わかった。今度なにかあったとき、こちらが引く」

松島が苦汁を呑んだような顔で認めた。

「では、返答は吾が局にな。妾は、竹姫さまのもとへ行くゆえ」

言い残して、姉小路が出ていった。

「お方さまのもとへ行く。そなたたちは、野点の道具を点検しておけ。よいか、天英院方に負けられぬ。よいものを用意いたせ」

指示をして松島も局を後にした。

天英院、月光院のどちらにも与《くみ》していない竹姫の局は、大奥のほぼ中央にあった。

「竹姫さまにお目通りを」

使番をまず姉小路は出した。これが正式なやり方である。松島との遣り取《やと》りは、いわば裏の話であり、慣例を無視した形であった。

上臈の要求となれば、将軍の養女とはいえ、断りにくい。よほど重要な用件があるか、体調が悪くないかぎり、受けなければならなかった。

「お目通りをいただき、ありがたく存じまする」

お付きの女中を伴って、姉小路が竹姫の局へと来た。

「いや、よくぞ来てくれた」

竹姫は歓迎の挨拶を口にした。

「月見はお誘いできず、申しわけもございませなんだ」

「いや、上様よりお叱りを受けたばかりだったゆえ、お誘いをいただいてもお断りせねばならなかった。かえって天英院さまにご迷惑をおかけすることになったであろう。お気遣いをいただいたことに、感謝しよう」

まだ十三歳と幼いながら、竹姫は堂々とした返答をした。

「そう仰せいただくと気が休まりまする」

姉小路が軽く一礼をした。

「茶など点《た》てよう」

竹姫が、お付きの中臈鹿野《かの》へ合図をした。

「いえ。本日は使いとして参りましたゆえ」

姉小路が断った。

「そうか。では、茶はまたにしよう。天英院さまのお話を聞かせていただけるか」

残念そうな顔をした竹姫が問うた。

「野点のお誘いでございまする。日は三日後、場所は大奥庭」

「ほう、野点か」

竹姫が目を大きくした。

「しかし、内々のお許しはいただいたとはいえ、妾は上様よりお叱りを受けた。せっかくのお誘いだが……」

「お咎めは今日明日にも正式に解けましょう」

「御奉書が……」

「天英院さまのお口添えとして、先ほど御広敷に使者を出しました。竹姫さまには、上様の武運長久《ぶうんちょうきゅう》を願って代参に行かれた。その功をもってお許しを願いたいと天英院さまのお言葉を添えまして」

首をかしげた竹姫に、姉小路が告げた。

「それはありがたいことじゃ」

竹姫が喜んだ。

たしかに、吉宗の怒りを解くために代参した。とはいえ、自ら代参の功績を口にするのは、はしたない。いずれ表だって免罪となるのはまちがいないが、誰かが代わりに言ってくれれば、それだけ話は動きやすくなる。

「明日にはご放免のお報せがございましょう」

「それもあっての三日後か。天英院さまのお心遣いには畏れ入るしかない」

姉小路の説明に、竹姫は頭を垂れた。

「ご参加くださいますか」

「喜んで行かせていただく。今回のお礼は、お目にかかったおりにさせていただくが、感謝していたと天英院さまにお伝えくだされや」

竹姫が礼を述べた。

「承りました。では、当日」

一礼して、姉小路が去っていった。

「鹿野」

「はい」

「なにを企《たくら》んでおられるのかの、天英院さまは。今まで一度たりとて誘われたことなどなかったのにな」

命を狙われたことで、竹姫も世間を知らないお姫さまではいられなくなっていた。

「わかりませぬ」

鹿野が困惑した。

「妾もわからぬ」

竹姫も苦笑した。

「わからぬならば、訊けばよい。鹿野、水城と会う。手配をいたせ」

「わかりましてございまする」

指示に鹿野が首肯《しゆこう》した。

第二章　将軍の一手

一

　水城聡四郎の襲撃に失敗し、配下を見捨てた藤川義右衛門は、その足で館林《たてばやし》藩上屋敷へ逃げこんだ。

「手を組まぬか」

「誰だ」

　天井から落ちてきた声に、山城帯刀《やまきたてわき》が誰何《すいか》した。

「大声を出すな。今、下りる」

　藤川が館林藩家老《かろう》山城帯刀の前に落ちてきた。

「お初にお目にかかる。館林藩家老山城帯刀どの」

「見たこともない奴に名前を呼ばれるのは、よい気がせぬ」

山城帯刀が不快だと言った。

「御広敷伊賀者組頭藤川義右衛門でござる。以後お見知りおきを願う」

「伊賀者……」

名乗りに山城帯刀が目つきを変えた。

「その伊賀者が、手を組まぬかというのは、どういうことだ」

山城帯刀が訊いた。

「上様を廃すために、力を合わそうぞ」

「なにを言うか」

藤川の言葉に、山城帯刀がとぼけた。伊賀者は御庭之者にその地位を奪われたとはいえ、隠密だったのだ。その隠密がもってきた将軍の命を狙うという話に乗れるはずなどなかった。

「隠されるな。貴殿が主君松平《まつだいら》右近将監《うこんしょうげん》さまを九代将軍になされようとしていることを、知らぬとでも」

小さく藤川が笑った。

「なんのことだ。我が主は六代将軍家宣さまの弟君である。幕府に近い御血筋が、なぜ上様のお命を……」

「幕府を舐《な》めてはいけませぬぞ。伊賀は御三家を含め、すべての大名の内情を調べておりまする」

抗弁する山城帯刀に藤川がとどめを刺した。

「いつ調べた。将軍が代替わりしてまだ少しにしかならぬぞ。館林藩のことを調べるには暇がないはず」

山城帯刀が表情を厳しくした。

「数年前よ」

「先々代さまのときだというか。六代将軍家宣さまは、殿の兄ぞ。越智《おち》家へ養子に出されていた殿を松平に復し、大名に引きあげて下さったのも……」

返答に山城帯刀が驚いた。

館林藩主松平右近将監は、その生母の身分が低いということで、甲府藩主徳川綱《つな》重《しげ》の実子として認められず、家臣の越智家へ養子に出された。それを兄の家宣が憐れみ、父綱重の死後、弟として遇するようになった。

「甘いな。それで、天下を狙うと」

藤川があきれた。

「……」

　山城帯刀が黙った。

「天下人にとって、敵は薩摩でも加賀でもない。同じく将軍の座に就ける一門ぞ。三代将軍家光さまを例に出すまでもなく、兄弟こそ敵」

「それならば、殿を引きあげられねばすんだであろう。家臣の養子のままにしておけば、将軍を狙えぬのだぞ」

　徳川には、他姓を継いだ者は将軍になれないという決まりがあった。これは、神君家康の次男秀康《ひでやす》が結城《ゆうき》の養子に出ていたため、二代将軍になれなかったという故事によった。

「ふん」

　藤川が鼻先で笑った。

「右近将監さまが、松平姓になられたのはいつだ」

「あっ……」

　言われた山城帯刀が、息を呑んだ。

「思い出したか。右近将監さまが松平姓を許されたのは宝永《ほうえい》四（一七〇七）年。では、家宣さまが将軍継嗣となられたのは」

「宝永元（一七〇四）年」

「そうだ。家宣さまが、五代将軍綱吉さまの後継として、西の丸に入られてから三年経っていた。三年もあれば、西の丸老中を含め代替わりに伴う執政衆も決まり、いつ将軍となっても大丈夫な状況は整う。もう家宣さまが六代将軍となられることに変更はない」

「それでも、まだ家宣さまは将軍ではない」

藤川の説明に、山城帯刀が反論した。

「松平になったから、将軍になれると思ったか」

藤川が、嘲笑を一層深くした。

「気づかぬのかの」

「なににだ」

「上様の経歴を考えてみろ」

「……上様の」

山城帯刀が思案した。

「わかりにくいか。上様と右近将監さまを比べられよ。似ておられるだろう」

「似ている……ああ」

助言を受けて、山城帯刀が首肯した。

「ともに生母の身分が低く、公子として認められていない」

「そう。そして、お二人とも五代将軍綱吉さまに目通りしているな。そこで差が出ているだろう」

「……」

大きく山城帯刀が目を剝いた。

「気づいただろう。上様は綱吉さまに目通りしたあと、すぐに越前丹生《えちぜんにゅう》に領地をもらっている。松平の姓もそのまま認められている。対して、右近将監さまは、どうだ。目通りはしたが、加増もなく、松平の姓さえ許されていない。その差はなぜだ」

藤川が答えを促した。

「わからぬ」

山城帯刀が、首を左右に振った。

「綱吉さまと家宣さまの仲が悪かったからだ」

四代将軍家綱《いえつな》の危篤のおり、後継と目されたのは三人いた。家綱の弟綱吉と甥の家宣、そして大老酒井雅楽頭忠清《たいろうさかいうたのかみただきよ》の推す有栖川宮幸仁親王《ありすがわのみやゆきひと》である。

「大老さまが、なぜ宮将軍などを掲げ、それを家綱さまが認められたか、考えてみたことは……」

「……ない」

思わず山城帯刀が認めた。

「だろうの。儂《わし》とて、実際に見聞きしていなければ、わからなかった」

「見ていただと」

山城帯刀はさらに目を大きくした。

「御広敷伊賀者の任は大奥だけではない。将軍が御寝《ぎょしん》なされるところ、そのすべてを警固する」

藤川が告げた。

「天井裏か」

「さよう。ちょうど当番だったのだ、儂は。家綱さまと酒井雅楽頭さまがお話しなされているのをな」

「なにを話されておられた」

ぐっと山城帯刀が身を乗り出した。

「見返りなしに、話を聞く気か」

すっと藤川が引いた。

「む、むうう」

山城帯刀がうなった。

「なにが欲しい」

「金だ」

藤川が告げた。

「いくらだ。五十両か、百両か」

金額を言えと山城帯刀が促した。

「十両」

「安いな」

思わず山城帯刀が漏らした。

「一回十両でない……毎月十両」

「どういう意味だ」

藤川の訂正に山城帯刀が問うた。

「鈍いな。最初手を組まぬかと申した。そして月十両の金を求めた。わかるだろう」

じれったいと藤川が述べた。

「抱えろと」

「そうだ」

ようやくわかったかと、藤川が首肯した。

「待て、そなたは御広敷伊賀者組頭だと」

「ああ。まちがいない。疑うならば、天英院さまに問い合わせてみよ」

藤川がうそぶいた。

「天英院さまにお目通りをしたのか、伊賀者が」

山城帯刀が疑いの目で藤川を見た。

伊賀者は同心身分であり、将軍への目通りはかなわない。その伊賀者が、先々代とはいえ将軍正室であった天英院に会ったと言っても信用できなかった。

「聞いていないか、深川八幡宮での騒ぎを」

「……竹姫さまご代参の話か」

慎重に山城帯刀が応じた。

「竹姫さまを襲ったのは、天英院さまの命だ」

「やはり……」

小さな声で、山城帯刀が呟《つぶや》いた。

「これでわかっただろう。上様に知られれば、無事ではすまぬのだ。顔さえ知らぬ相手にそんな大事は託すまい」

「たしかにな」

直接天英院と会ったと藤川は言っていないにもかかわらず、山城帯刀が納得した。

「しかし、十両で館林藩に抱えられたいというのがわからぬ。おぬしは、御広敷伊賀者として、御上《おかみ》より禄をいただいているだろうが」

疑問を山城帯刀が呈した。

「禄は捨てた。御庭之者などという歴史もない連中に探索方を任せる。そのような浅い者に仕える気はない」

藤川が、吉宗を見限ったと伝えた。

「ほう」

山城帯刀が目を細めた。

「別段、伊賀者を放逐されたわけではない。仕事を奪われようとも家禄は与えられるはず。先祖が血で購《あがな》った禄を、そう簡単に捨てられるものか」

疑いを山城帯刀が口にした。

「禄よりも、矜持が大事じゃ。でなければ、あのていどの禄で命をかけ、敵地に忍びこむなど馬鹿らしくてできるものではない。この任を果たせるのは、伊賀の忍だけじゃという誇りがあればこそ、耐えられた。それを奪われてまで、飼われている意味はない。我らは武士ではないのだ」

忍の意義を藤川が語った。

「伊賀者の禄はいかほどであったか」

さりげなく山城帯刀が尋ねた。

「三十俵《ぴょう》三人扶持《ぶち》内外だ。石になおせば十二石ほどになる」

藤川が答えた。石高取りは、それだけの米が穫れる領地を与えられるが、同心などは現物支給となり、額面どおりにもらえた。

「十二石……金にして十二両ほどだな。それに比して月に十両とは高すぎよう。年百二十両だぞ。十倍はどうかと思うが」

山城帯刀が藤川の表情をうかがった。

「伊賀の忍を手にできるのだぞ。百二十両が千両でも安いはずだ」

眉一つ動かさず、藤川が言った。

「千両とはまたふっかけたな。年千両といえば、表高でいけば二千石だ。我が藩に、二千石を取るほどの者はおらぬ」

館林藩松平家の家禄は、家宣の遺言で加増された分をあわせても五万四千石でしかない。家老職でようやく千石をこえるかどうかであった。

「高すぎるとでも……」

「いささか常軌を逸していると言わざるをえんな」

問うような藤川に、山城帯刀が首肯した。

「江戸城のなかを知り尽くし、将軍が眠っている御休息の間でも大奥でも、自在に入りこむことができるのだぞ」

「………」

勝ち誇ったような藤川の意味するところを理解した山城帯刀が黙った。

「どうだ。千両でも安かろう。今、将軍が死ねば九代の座は……」

「西の丸に長福丸《ちようふくまる》さまがおられる。西の丸はお世継ぎさまの場所だ」

山城帯刀が九代の座は松平右近将監のもとへ来ないと言った。

「本丸で将軍を殺せるのだぞ。西の丸にいる子供一人の命など、なにほどのことがある」

「両方やれるというのだな」

自慢げな藤川に、山城帯刀が確認した。

「最初に吉宗だ、という条件が付くがな。先に長福丸をやってしまえば、吉宗に警戒される」

吉宗は己が狙われていると知っている。そこに息子が襲われれば、次は己だと警戒して当然であった。

「では、二人同時にやればよい」

「無理だ。人手が足りなすぎる」

山城帯刀の提案を、藤川が否定した。

「御広敷伊賀者は何人いる」

「六十人ほどおるが、儂に同心している者は少ない。皆、将軍の顔色をうかがっている。なんとしてでも立場を守りたいのだ。雀《すずめ》の涙ほどとはいえ、子々孫々に受け継いでいける禄は大きいからな」

藤川が嘆息した。

人というのは弱い。変化よりも平穏を望む。まして、それが吾が子に直接かかわってくる禄の継承ともなると、思いきるのは難しい。

「なるほど。だが、一人ではないのだな」

少ないと言った藤川の言葉を、山城帯刀はしっかり理解していた。

「ああ。何人かが、わざと御広敷伊賀に残った。もっとも効果のあるときに、裏切るためにな」

藤川が口角をつりあげた。

「わかった」

山城帯刀が首を縦に振った。

「月十両払おう」

「けっこうだ。では早速、今月分をいただこう」

藤川が手を出した。

「しばし待て」

立ちあがった山城帯刀が、違い棚を開け、なかから文箱《ふばこ》を取り出した。

「……十両だ」

文箱から山城帯刀が小判を出した。

「遠慮なく、ちょうだいしよう」

「まだだ」

小判を受け取ろうとした藤川を、山城帯刀が制した。

「なんだ、気に入らぬことでもあるのか」

藤川が首をかしげた。

「酒井雅楽頭と家綱さまのお話を聞かせろ。雇い主としての最初の命令だ」

山城帯刀が口にした。

「まだ金をもらっていないが、まあいいだろう」

苦笑を浮かべながら、藤川が語った。

「家綱さまは、こう言われたのだ。弟と甥が争う。どちらが勝っても遺恨が残ろう。同族で殺し合うのは、徳川の力を削ぐとな」

「……………」

変哲もない内容に、山城帯刀があきれた。

「あたりまえだと思ったであろう」

藤川が笑った。

「だが、将軍という権威が目の前にぶら下がれば、見えなくなるものだ」

淡々と藤川が告げた。

「そんなことで宮将軍を擁立しようとしたと」

山城帯刀が愕然《がくぜん》とした。

「そんなことだからよ。お二人の話によると、いずれどちらかのお血筋だけになったとき、あらためて将軍としてお迎えするということだったからな」

藤川が付け加えた。

「綱吉か、家宣さまのどちらかが死んだとき、生き残っていたほうを将軍にする……」

綱吉には敬称をつけなかった。

「そのための宮将軍であろう。徳川の血を引いていなければ、いつでも廃せられるし、世襲《せしゅう》ではないのだからな。宮将軍は」

「……そういうことだったのか」

聞かされた山城帯刀が了解した。

「さて、どこか空いている長屋を一つくれ。組屋敷には戻れぬ」

藤川が願った。

「どこでも好きにするがいい」

山城帯刀が手を振った。

「そうさせてもらおう」

ふたたび天井へと藤川が飛び上がった。

「天井ではなく、出入りには襖を使え」

嫌そうな顔を山城帯刀がした。

「姿を見られたくないのでな。館林も一枚岩ではなかろう」

藤川が返した。

「藩内に裏切り者がいると……」

山城帯刀が険しい顔をした。

「主君を将軍として出世を願う。大博打よな。うまくいけばいいが、失敗すれば、禄どころか命までなくす。それならば、今のまま安楽な毎日を送りたいと考えている者は、どこにでもいるはずだ。まちがいなく吉宗は、そういう者へ手を伸ばす」

「汚いまねをする」

断言する藤川に、山城帯刀が表情を苦くした。

「では、しばらく休ませてもらおう。吉宗を殺していいときが来たら教えてもらおう」

藤川が述べた。

「今からでもよいぞ」

「根回しをしなくてよいのか。今、吉宗と長福丸が死んだら、まちがいなく右近将監さまに九代の座が来ると言えるか。将軍候補は、右近将監さまだけではなかろう。御三家もある」

「……そうだったな」

山城帯刀が認めた。

「急いだほうがいいぞ。吉宗の次男小次郎《こじろう》が五歳になれば、もう一人候補が増える。それも正統な将軍候補がな」

徳川家継が七代将軍となったのは五歳であった。このとき、幼すぎるとして家継の継承に反対した者がいたのはたしかである。武家の頭領が、まだ襁褓《むつき》もとれぬ幼児では、世間が納得しない。だが、家継が七代将軍となったことで、嫡子という理由さえあれば、五歳で就任してもおかしくないとの前例ができたのだ。

「わかっている」

山城帯刀が首を縦に振った。

二

野点は、野外でおこなわれることからもわかるように、本来の茶道に比べて作法や道具などが簡素なものであった。

しかし、それが大奥となると一変した。

大奥は女だけしかいない。男の目がないため、女として艶《つや》を競うことがなく、権を争う形になる。他の女よりもよい小袖、美しい小物、はやりの髪型で、相手に勝ちたい。それが、野点にも適用された。

「茶釜の用意はできておるか」

「これに」

松島の指示に、月光院付きの女中が応じた。

「それは後天明《ごてんみよう》ではないか。古天明《こてんみよう》のものでなければならぬ。妾に恥を掻かせるつもりか」

茶釜を見た月光院が、もっと格式の高いものにせよと怒った。

「申しわけございませぬ」

あわてて女中が詫びた。

「間部《まなべ》越前守《えちぜんのかみ》より献上された、古天明があったはずだ」

「ただちに探して参りまする」

女中が駆けだした。

間部越前守詮房《あきふさ》は、側用人《そばようにん》として七代将軍家継の傅育《ふいく》にあたっていた。幼い家継が中奥に移らず大奥で過ごしていたこともあり、間部越前守は慣例を破って大奥へ何度も入りこんでいた。家継の養育を月光院と二人でおこなったため一時は密通の噂まであった。とはいえ、間部越前守が特例を駆使できたのは、将軍家継の傅育があったからだ。家継の死をもって傅育の役目は消滅し、側用人も罷免、政の表舞台から消えていた。

「よろしいのでございますか。先代の寵臣は、次代では忌避《きひ》されるもの。越前守さまからの品を使って、天英院さまより要らぬ言葉をいただくことになるやも知れませぬ」

松島が懸念を表した。

「越前守は罪人ではないぞ。代が替わったゆえ、役目は解かれたが、領地も動かず、石高も減っていない」

月光院の言うとおりであった。

寵臣というのは、主の交代で権の座から放逐されるのが決まりであった。いい例が、四代将軍家綱の大老酒井雅楽頭である。下馬《げば》将軍《しょうぐん》とまで言われ、権勢をほしいままにした酒井雅楽頭だったが、家綱の死とともに役目を放たれ、上屋敷まで取りあげられている。

これが寵臣の運命であった。もっとも、主君の子による直系相続の場合は、とくに傅育として存続を許されることもある。その例が三代将軍家光における松平伊豆守信綱《いずのかみのぶつな》、阿部豊後守忠秋《あべぶんごのかみただあき》らであった。家光の寵臣だった二人は、そのまま家綱の老中として、死ぬまで権の座にあり続けた。

間部越前守は、酒井雅楽頭と同じ定めをたどるはずだったが、なぜか吉宗は役目を取りあげただけで放置していた。

「なにより、茶道具に罪はあるまい」

「それはそうでございまするが……」

松島が口ごもった。

「それより、菓子の手配はできているのだろうな」

「お任せくださいませ」

声をひそめた月光院へ松島が下卑《げび》た笑いを浮かべた。

「桔梗屋《ききょうや》、土佐屋《とさや》、すはまや、松屋山城を押さえましてございまする」

「京菓子の名店ばかりじゃの。これで天英院のもとには、まともな上菓子は手に入るまい」

満足そうに月光院がうなずいた。

茶会には菓子がつきものであった。また、菓子は京を上とし、江戸を下に見る風潮があった。松島があげた菓子屋は、どれも京に本店のある菓子屋の江戸店で、大名や豪商の茶会にはかかせなかった。

「手配り見事であるぞ」

「野点の話を聞くなり、注文を出しましてございまする。ただし、すべての店で、月光院さまの御用以外は受けぬように命じましたので、かなりの数を引きとることになりましたが……」

褒めた月光院へ、申しわけなさそうに松島が言った。

「よいよい。お末どもにも分けてやればいい。京菓子など生涯口にできぬであろうから、さぞ、喜ぶであろう」

月光院が気にしないと手を振った。

「費用も二十金をこえましてございまする」

一両あれば親子四人が一月《ひとつき》喰える。二十両はじつに庶民二年分の生活費にあたった。

「そのていどか。思いの外《ほか》安いものじゃな」

松島の報告にも、月光院はあっけらかんとしていた。

野点を催す天英院の局は、月光院の局以上に大わらわであった。

「毛氈《もうせん》など出すな。段通《だんつう》を使え」

天英院が命じた。

段通とは、鍋島《なべしま》藩から献上される織物である。精緻《せいち》な織り柄を作るために、容易ならぬ技術と手間を要することから、かなり高価であった。主として一畳ていどの大きさで作られ、茶席などでは数枚使用された。

「裏が汚れまするが」

中臈が天英院に確認した。ものがものだけに、丸洗いなどできない。下手に汚せば、段通の値打ちはなくなる。野点で地面に敷くなど論外であった。

「だからこそよ。御台所であったおり、毎年鍋島からの献上を受けていた妾《わらわ》なればこそ、惜しげもなく使える。月光院にはできまい。格の違いを見せつけてくれる」

天英院がうそぶいた。

「わかりましてございまする」

主にそう言われてはどうしようもない。中臈が下がった。

「お方さま……」

「どうした」

入れ替わりに来た姉小路へ、天英院が問うた。

「申しわけございませぬ」

「なにがだ。話をいたせ」

いきなり詫びた姉小路へ、天英院が促した。

「京菓子が、月光院さまの局に買い占められてしまいまして……」

「なんじゃと。どこの店もか」

天英院が驚愕《きょうがく》の声をあげた。

「はい。少し遅れましてございまする」

「なんとか割りこめぬのか」

「どこも職人の手が空かぬだけでなく、材料も使い果たしてしまうと」

「妾の名前を出しても……」

「……」

姉小路が黙ってうつむいた。庶民にとって、月光院も天英院も雲の上の人なのだ。

どちらが格上かどうかの判断などできなくて当然であった。

「おのれ、月光院め。妾《めかけ》の分際で……妾《わらわ》に恥を搔かせるとは」

ぎりぎりと天英院が歯がみした。

「お方さま……」

「誰じゃ……そなたは、先日奉公に来たばかりの……」

声をかけられた天英院が目をすがめた。

「三《さん》の間《ま》を務めさせていただいております。小萩《こはぎ》と申しまする」

「控えよ。身分を考えぬか」

しゃしゃり出てきた小萩を姉小路が叱った。三の間とは、局の掃除などの雑用係である。目通りは許されないが、大奥女中の出発とされ、旗本や幕府出入り商人の娘が多く、お末とは扱いが違った。

「よい。申せ」

天英院が姉小路を制した。

「はい。わたくしは日本橋《にほんばし》の商家下総屋《しもうさ》の娘でございまする」

「下総屋といえば、袱紗《ふくさ》や染め手拭いを扱っている」

「さようでございまする。そのお陰で、茶人の方々ともおつきあいがございまする」

「うむ」

顎《あご》を上下させて、天英院が先を催促した。

「お店にお客さまがお見えになられたとき、いつでもお茶を点てられるよう、店には京の虎《とら》屋の羊羹《ようかん》が……」

「虎屋の羊羹じゃと」

小萩の話を聞いた天英院が驚愕した。

「それをくれると言うのだな」

「……店に問い合わせてみなければ、どれほどあるかはわかりませぬが、五棹《さお》はいつも用意されておりました」

勢いこんだ天英院に脅えながらも、小萩が答えた。

「すぐに手紙を書け、いや、里下がりをいたせ」

取りに行けと天英院が命じた。

「……はい」

小萩が首肯した。

「京の虎屋といえば、千家《せんけ》出入りでもある名店じゃ。そのうえ、江戸に店など出しておらぬ。よほど桔梗屋などよりも趣《おもむき》がある。金にあかせて買い占めるような下卑た者とは違うと見せつけてやれるわ」

天英院が狂喜した。

「小萩と申したの。野点が終わったならば、引き立ててつかわすぞ」

「ありがとうございまする」

小萩が平伏した。

「姉小路、里下がりの手配を急げ」

「承知いたしましてございまする」

姉小路が頭を垂れた。


野点騒動で、竹姫のお末が一人欠けた一件は、うやむやになっていた。

「お呼びとうかがい、参上した」

御錠口《おじょうぐち》をとおって、聡四郎は大奥御広敷下段の間へと進んだ。

「竹姫さま付き中臈鹿野さまが、お見えになる。しばし待て」

大奥取次が、聡四郎に指示した。

御広敷用人は大奥に携わる役人の長《おさ》である。だが、大奥では下働き役人ていどの扱いしか受けない。敷物も与えられず、茶も出されないまま、聡四郎はじっと待った。

「鹿野さま、お出《い》でである」

取次が注意を促し、上段の間の襖が開けられた。

「水城、よくぞ来てくれました」

座るなり、鹿野が礼を述べた。

「はっ」

手をついて聡四郎は、すぐに用件を問うた。御広敷用人とはいえ、大奥に足を踏み入れるのは緊張を強《し》いられる。女中と手が触れただけで切腹になる。聡四郎はさっさと表へ帰りたかった。

「御用と伺いました」

「うむ。じつは天英院さまより、野点のお誘いをいただいた」

「天英院さまより……」

難しい顔を聡四郎はした。竹姫の襲撃の裏に天英院がいたと推測されている。その天英院からの誘いである。聡四郎は危惧した。

「月光院さまも参加されるうえ、今回は身分の上下なく、誰でも参加してよいとのことであれば……」

聡四郎の表情から危惧を悟った鹿野が、心配はないだろうと暗に伝えてきた。

「わかりましてございまする。とはいえ……」

「承知している。竹姫さまは、こちらの席より動かれぬ」

毒を警戒した聡四郎に、鹿野が用意したもの以外は、口にされないと答えた。

「竹姫さまは、まだお身体ができておられませぬゆえ、お疲れの出られませぬようにお気遣いなされるのが、よろしかろうと存じまする」

聡四郎はうなずいた。

「とはいえ、客を迎えることになる。ついては、用意を頼みたい」

「野点に要りようなものの手配をいたせばよろしいのでございますか」

「そうじゃ。任せてよかろうか」

確認する聡四郎へ、鹿野が問うた。

「わかりましてございまする。野点はいつ」

「明後日である。明後日の昼八つ（午後二時ごろ）から日が落ちるまでじゃ」

鹿野が予定を告げた。

「では、明後日の朝四つ（午前十時ごろ）までにお手元へお届けすれば」

「いや、それでは、余裕がなさすぎる。できれば、明日の夕刻までに頼みたい」

「……明日の夕刻でございますか」

「できるか」

考えた聡四郎に、鹿野が不安そうな顔をした。

「お任せくださいませ」

聡四郎は引き受けた。

「頼むぞ」

ほっと鹿野が頬を緩めた。

三

竹姫さま付き御広敷用人である聡四郎の仕事は、その用を果たすことである。大奥を出た聡四郎は用人部屋に戻らず、そのまま江戸城を出た。

「野点か。茶のことなどなにも知らぬぞ」

聡四郎は一度屋敷へ戻った。

「ずいぶんと早いお帰りだこと」

帰ってきた聡四郎に、紅が驚いた。

「竹姫さまの御用でな。また出る」

「あら、竹姫さまの御用なの」

「ああ。野点をなさるそうでな。その用意を頼まれた」

聡四郎は答えながら、妻の下腹へ目をやった。

「どこ見ているのかしら。そうそう、ふくらんではこないわよ」

紅が恥ずかしそうに、両手で下腹をかばった。

「すまん。ついな」

「まったく。で、野点の用意って、なにを買うの」

「知らぬ」

訊かれた聡四郎は首を左右に振った。

「知らないで引き受けたの」

紅があきれた。

「御用だぞ。断れるか」

聡四郎が反論した。

「どうするつもり」

「義父上《ちちうえ》は、ご存じではないか」

江戸一の人入れ屋を営んでいる紅の父相模屋伝兵衛の顔は広い。

「父ねえ。茶なんて高尚《こうしょう》なまねをしているのを見たことはないわ」

あっさりと紅が否定した。

「困ったな。義父上を頼りにしていたのだが……」

「そのいきあたりばったりな性格はなおしたほうがいいわよ。子供に移っても困るし」

困惑する聡四郎に、紅が追い打ちをかけた。

「移るものなのか」

「子は親を映す鏡というでしょ」

「気をつけよう。とはいえ、明日までになんとかせねばならぬのだ」

聡四郎は腕を組んだ。

「やはり父を頼るしかないわね。父は茶をしないけど、誰か知り合いでよく知っている人を紹介してくれるでしょ」

「そうだな」

紅の勧めに聡四郎は従った。

「あの……」

膝をついて見送ろうとした紅が、聡四郎を上目遣いで見た。

「……なんだ」

歳よりも幼く見える仕草に、聡四郎は戸惑った。

「……父にね、子供ができたことを伝えといてくれる」

紅が頬を染めた。

「う、うむ」

聡四郎の顔も赤くなった。


紅の父相模屋伝兵衛は、人入れ屋の主である。江戸城の出入りを務めるだけでなく、御三家、加賀藩など多くの大名の御用を務めていた。とはいえ、店は小さく、知らなければ見逃すほど目立たない。

「邪魔をする」

相模屋の戸障子を聡四郎は開けた。

「おいでなさいやし……これは、水城さま」

「おう。伊之介《いのすけ》どのではないか。久しいな」

出迎えた壮年の男に、聡四郎は笑いかけた。

「旦那こそ、お変わりもなく」

伊之介もほほえんだ。

「いつ江戸へ」

「今朝方でございますよ。ちょっと用がございましたので、ついでに親方の顔を見ておこうかと」

問われた伊之介が答えた。

伊之介はもと相模屋の番頭であった。相模屋を辞めた後、品川《しながわ》で茶店を開いていたが、旅に詳しいということで、少し前、吉宗の命で京まで往復した聡四郎の供をしてくれた。

「旦那こそ……お嬢はご一緒ではございませんので」

伊之介が、聡四郎の後ろを探した。

「ちと御用でな。紅は屋敷にいる。よければ、品川へ帰る前に顔を出してやってくれるか」

「お嬢のお顔も長く拝見していやせん。そうさせていただきやす」

聡四郎の頼みに伊之介がうなずいた。

「で、義父上はおられるか」

「へい。奥に。ご一緒しやす」

問うた聡四郎にうなずいた伊之介が、先に立った。

「親方、水城さまがお見えで」

「おう、入ってもらえ」

伊之介の声に、居室のなかから返答があった。

「ご免」

「ご無沙汰をいたしております」

入ってきた聡四郎に、相模屋伝兵衛がていねいに頭をさげた。

娘婿とはいえ、聡四郎は旗本である。江戸城出入りで苗字《みようじ》帯刀を許されているとはいえ、家格の違いは大きい。

「こちらこそ、無沙汰をして申しわけない」

聡四郎も一礼した。

「本日はどうされました」

「頼みがござる。いつもこのようなときばかり、参上して恥じ入るが」

「お気になさらず、わたくしにできることならば」

相模屋伝兵衛が笑った。

「野点の用意にくわしい方をご紹介いただけぬかと」

「……野点、お茶でございますか」

聡四郎の求めに、相模屋伝兵衛が悩んだ。

「伊之介、おめえ、茶店をしているんだ。多少の心得はあるだろう」

相模屋伝兵衛が、襖際で控えている伊之介に顔を向けた。

「どのようなことをお知りになりたいので」

相模屋伝兵衛に言われた伊之介が口を挟んだ。

「作法は不要でござる。拙者が出席するわけではございませぬゆえ」

聡四郎は告げた。

「となると、用意だけでございますね」

伊之介が念を押した。

「ならば、わたくしでどうにかできましょう」

「ご存じか」

「はい。桜や紅葉のころ、品川まで足を延ばして、高輪《たかなわ》あたりで野点をなさる方は多うございまする。なかには、すべての用意をわたくしの店にお任せ下さる御仁もおられまして」

伊之介が答えた。

「助かる。明日の夕刻までに用意は調うであろうか」

「……明日の夕刻でございますか。ううむ、菓子が難しいかも知れませぬ」

「菓子が要るのか」

聡四郎は驚いた。

「茶道に菓子はつきものでございまする。親方、ちと若い者をお借りしてよろしゅうございますか」

「好きに使え」

相模屋伝兵衛が伊之介の求めに応じた。

「菓子匠に問い合わせてみましょう」

一度伊之介が居室を出ていった。

「本町《ほんちょう》一丁目の桔梗屋へ行かせやした」

「京菓子の名店だな」

さすがに相模屋伝兵衛は知っていた。

「菓子以外は間に合いましょう。茶はお茶問屋に行けば、いつでもございましょう」

「どこの問屋がいい」

「わたくしは駿河町《するがちょう》の宇治屋《うじや》がよろしいかと。ただ、お茶は挽《ひ》きたてが一番よい香りがしますので、明日がよろしゅうございましょう」

「なるほど。他には」

「道具立てはございますので」

「ああ。野点の道具ならお持ちだ」

聡四郎はうなずいた。先日、吉宗に命じられて、野点の道具を竹姫に贈ったばかりであった。

「では、残りは水でございますな」

「水……」

「さようで。茶は水で決まるといっても過言ではございませぬ。江戸は水が悪いので、よい水を求めて、茶人たちが奔走するほどで」

「水かあ」

聡四郎は悩んだ。

「加賀さまの井戸はよいと聞きました。少し分けていただくようお願いしてみましよう」

相模屋伝兵衛が言った。

「頼む」

義父の心配りに、聡四郎は礼を述べた。

「あとは桔梗屋の返答待ちでございますな」

伊之介の言葉に、聡四郎が背筋を伸ばした。

「いかがなさいました」

聡四郎の雰囲気が変わったと気づいた相模屋伝兵衛が首をかしげた。

「義父上どの、紅が懐妊いたしましてございまする」

「な……」

「お嬢が……」

報告に相模屋伝兵衛と伊之介が目を剥いた。

「本当に……」

「はい」

念を押す相模屋伝兵衛に聡四郎は首肯した。

「紅に子ができたとは……」

相模屋伝兵衛が感極まった。

「あのお嬢に子が。少し前まで、臑《すね》まで露わにして、町中を駆け回っていたのに」

紅の生まれたときから知っている伊之介が、なんとも言えない顔をした。

「さすがに、今は落ち着いておるぞ」

聡四郎が苦笑した。

「水城さま」

相模屋伝兵衛があらたまった。

「ありがとうございまする。あの紅が人の親となる日が来るとは思ってもおりませんでした。家内が生きておりましたら、どれほど喜びましたことか」

深く相模屋伝兵衛が礼を言った。

「義父上どの……」

聡四郎も胸に来るものを感じた。

「よろしゅうござんした」

伊之介が涙声を出した。

「……義父上どのよ、一つ詫びねばならぬ」

「なんでございましょう」

すまなそうな聡四郎に、相模屋伝兵衛が警戒した。

「子の名前なのだが……上様がお決めになられると」

「上様が……」

「げっ」

聡四郎の説明に、二人が絶句した。

「初孫《ういまご》だと仰せくださいましたので」

「と、とんでもないことを」

相模屋伝兵衛が蒼白になった。

「上様のお孫さまとなれば、抱くこともできぬ」

「そこまでは大事ございますまい」

心配しすぎだと聡四郎は否定した。

「いや、わかりませぬ。なにせ紅をいきなり養女にと連れ去られたお方」

「……」

相模屋伝兵衛の心配は当然のものだった。

「まだ生まれたわけではございませぬゆえ……」

聡四郎は先延ばしにするしかなかった。

「伊之の兄貴」

そこへ使いに出ていた相模屋の若い者が戻ってきた。

「なんだと。桔梗屋だけでなく、土佐屋、すはまやも受けてくれないだと」

話を聞いた伊之介が大声を出した。

「へい。なんでも月光院さまの御用だとか」

「……なにが」

聡四郎は理解できなかった。

「嫌がらせでございますな」

相模屋伝兵衛が見抜いた。

「竹姫さまか、天英院さまか、その両方か、とにかく茶会の菓子をそろえさせぬようになされたのでございましょう」

「愚かなことを」

聡四郎はあきれた。

「非難している余裕はございませんよ」

伊之介が聡四郎へ真剣なまなざしを向けた。

「どうすればいい」

「江戸ものの菓子ならば、手配できましょうが……」

苦く頬をゆがめた相模屋伝兵衛が言った。

「竹姫さまが侮られると」

「はい」

相模屋伝兵衛が首肯した。

「まずい。それを避けねば、上様のご辛抱が切れる」

すでに竹姫は一度襲われている。それに対して、吉宗が報復していないのは、竹姫が無事だったことと、天英院あるいは、月光院の指示だという証がないからだ。さすがに先々代将軍の御台所、先代将軍の生母を、怒りにまかせて処罰するわけにはいかなかった。

幕政を改革しようとしている吉宗には敵が多い。これ以上の無理押しは、大きな反発を招きかねない。

とはいえ、惚れた女が泣かされて、黙っていられるはずもない。男として、聡四郎も吉宗の怒りは理解できる。

「とにかく、江戸で名のある菓子匠に頼みましょう。なしというわけにはいきませぬ」

伊之介が対処を口にした。

「頼む」

「水城さまは、一度屋敷へお帰りを」

「わかった」

残っていても役に立たないのだ。聡四郎は邪魔にならぬよう、相模屋を後にした。

帰邸した聡四郎の表情を見た紅の目つきが鋭くなった。

「なにがあったの」

「じつはな……」

こうなった紅に隠しごとはきかなかった。なにより妹のように思っている竹姫のことだ、あとで知れたら、どれほど荒れるかわからない。聡四郎は菓子が手に入らないと告げた。

「そんなこと」

怒っていた紅の肩から力が抜けた。

「なにか手だてがあるのか。明日に間に合うような江戸菓子では、解決にはならぬのだぞ」

聡四郎は不満を口調にこめた。

「江戸菓子は京菓子よりも劣るというのでしょう」

「そうだ」

「だったら、京菓子よりも上を出せばすむだけじゃない」

紅がなんでもないことだと告げた。

「そんなもの簡単に手に入るわけないだろう」

思わせぶりな紅に、聡四郎は声を強くした。

「手に入れられるお方が一人おられるでしょう」

紅が真剣な顔をした。

「……上様か」

「そう。竹姫さまへの嫌がらせを知った上様が、なにもなさらないわけない」

「上様からの下賜《かし》ならば、けちはつけられぬな」

「つけてもいいけど、どうなるかしら」

口の端を紅がつりあげた。

「ふざけるんじゃないわよ」

多くの人足を使っている相模屋の一人娘紅の本性はおきゃんであった。聡四郎と一緒になってからは武家の妻らしくしていたが、気に入らないことがあると素《す》が出た。

「子供をいじめて楽しむなんて……」

落ち着いた聡四郎とは逆に紅が激し始めた。

「わかった。落ち着け。腹の子に障《さわ》るぞ」

「あっ……」

紅が息を吞んだ。

「今から、上様にお目通りを願ってくる」

聡四郎は紅の背をなでて、屋敷を出た。

四

昼餉をすませた後の将軍はきままなときを過ごしていた。もちろん、緊急を要する政などを処理することはあるが、老中の下城時刻である昼八つ（午後二時ごろ）を過ぎれば、それもなくなる。将軍から役人たちへ直達《じきたつ》するのは、あまり芳《かんば》しいまねではないため、さすがの吉宗ものんびりしていた。

「上様、水城が急ぎの目通りを求めておりまする」

加納近江守が、小姓たちと雑談していた吉宗の前に手をついた。

「……この刻限とは珍しいな。よい。通せ」

「はっ」

許可をもらった加納近江守が、聡四郎を迎えに出ていった。

「わたくしどもは、遠慮いたしましょうや」

手慣れた小姓組頭が申し出た。

「うむ」

満足そうに、吉宗がうなずいた。

「上様、急な目通りをお許しいただきかたじけのうございまする」

出ていく小姓たちと入れ替わるように、聡四郎は御休息の間に入った。

「どうかしたのか」

「恥ずかしいことながら、わたくしでは対応できませぬゆえ、お力をお貸しいただきたく」

「竹のことか」

吉宗の顔つきが引き締まった。

「じつは、明後日の昼から天英院さまのお誘いで、竹姫さまも野点に参加なさいますが……」

聡四郎が語った。

「……大奥を潰すか」

厳しい声音で吉宗が呟いた。

「ほんにろくなことをせぬ。それでよく、次の将軍を預かる場所などと言えたものだ」

吉宗があきれた。

大奥の意義は二つあった。

一つは、激務である将軍を癒し、慰めるというもので、これは男の鋭気を納めるに女がなによりであるからである。

もう一つは、将軍の子を産み、育てることだ。基本として将軍は大奥の女以外に手出しできない。五代将軍綱吉などは、将軍となったあとも、お成りと称して城を出て、ときどき女を抱いていたが、これは特例であった。そして、将軍が外で作った子供は公子として迎えられないのが決まりであった。それを許せば、将軍の血だと偽る者が後を絶たなくなる。ために綱吉は、なんども抱いたお染《そめ》の方が産んだ柳沢吉里《やなぎさわよしさと》を認知できなかった。

大奥こそ、将軍の閨《ねや》。将軍の子は、大奥にて生活する。当然、幼少期のしつけなどは、大奥がおこなう。

「あんな女どもに育てられてみろ、まともになるものか」

「…………」

同意したくとも、聡四郎の身分ではできない。聡四郎は否定せず、沈黙した。

「わかった」

ひとしきり大奥の女たちの悪口を並べ立てた吉宗が、聡四郎へ首を縦に振ってみせた。

「えっ……」

まだ要望を口にしていない聡四郎はあっけにとられた。

「菓子をくれてやればよいのだろう」

「畏れ入りまする」

読んでいた吉宗に、聡四郎は頭をさげた。

「近江守」

「承知いたしました。ただちに台所役人へ申し伝えまする」

声をかけられた加納近江守が応じた。

「一つだけ条件をつけよ」

「なんでございましょう」

「菓子を入れる重箱は躬が用意する。それに菓子を詰めよと申せ」

「わかりましてございまする」

加納近江守が席を立った。

「上様……」

さすがの聡四郎も吉宗の意図を見抜いた。京菓子でないことで侮らせておいてから、拝領ものだと見せつけて、脅しつけようと吉宗はしていた。

「なんだ、文句でもあるのか」

吉宗が聡四郎を睨んだ。

「そこまでなさらずとも、先日の代参の苦労をねぎらうとの形で、台所から直接竹姫さまのもとへ届けさせれば……」

葵《あおい》の紋などを入れるのはやぶ蛇になりかねないと聡四郎は危惧した。

「それでは、なまぬるい」

はっきりと吉宗が首を左右に振った。ねぎらいの菓子や酒ならば、小姓や小納戸などもらうことがある。それほど珍しいことではなかった。しかし、紋入りとなれば、意味が変わってくる。

「よろしゅうございますので。それは、上様が竹姫さまをお気になさっているとの証となりまする」

聡四郎は忠告した。

「かまわぬ」

吉宗が告げた。

正室に先立たれた吉宗は、独り者であった。その吉宗が竹姫を愛おしいと公表するのだ。誰もが、新しい御台所は竹姫だと考える。そう、大奥の新しい主の誕生である。

「天英院さまが黙っておられませぬ」

六代将軍の正室であり、当代の御台所がいないからこそ天英院は大奥で権を張っていられる。新しい主人が来れば、その権は奪われる。どころか、大奥から出され、尼寺へ押しこめられかねないのだ。激しい抵抗をするのは火を見るよりも明らかであった。

「なにもさせぬわ」

吉宗が胸を張った。

「ですが、大奥は男子禁制、わたくしも警固の者も入れませぬ。御庭之者たちも、大奥では力を発揮できませぬ」

「なんのために、刃向かった伊賀を潰さなかったと思うのだ」

再考をうながした聡四郎に吉宗が冷酷な顔を見せた。

「では……」

「伊賀の牙は折った。いや、誰が主か教えこんでやった。あやつらも馬鹿ではない。二度と愚かなまねはすまい。一族根絶やしにされたくはあるまいからな」

口にしたことを吉宗は実行する。次に御広敷伊賀者が手向かえば、江戸にいる伊賀者は殲滅《せんめつ》される。忍といえども、数には勝てない。江戸より逃げ出せば、生きてはいけるかもしれないが、それは幕臣としての死を意味する。

「逃げたとしても、大名どもに、追放を命じればよいことだしな。もし、命を無視して忍を飼い続けたら、あるいは新たに抱えたならば、大名ごと潰せばいい。一つか二つ見せしめにすれば、大名どもは黙る」

「……」

吉宗の苛烈《かれつ》さに聡四郎は言葉を失った。

「菓子は野点までに用意しておいてやる。そなたは、御広敷伊賀者をしつけてこい。遠藤湖夕と打ち合わせをいたせ」

「はっ」

聡四郎は平伏するしかなかった。


御広敷用人部屋と御広敷伊賀者詰め所は隣り合っていた。

「遠藤はおるか」

吉宗の前から下がった聡四郎は御広敷伊賀者詰め所へ顔を出した。

「これは水城さま」

すぐに面識のある遠藤湖夕が、駆け寄ってきた。

「どこか話のできるところはないか」

「耳のないところでございますな。では、こちらへ」

御広敷伊賀者詰め所の奥へと遠藤湖夕が聡四郎を誘《いざな》った。

「御錠口扉の前……大事ないのだろうな」

聡四郎が案内されたところを見回した。

「ここは、もと山里伊賀者で固めてございますれば」

山里伊賀者は、わずか九名しかいないが吉宗に忠誠を誓っていた。吉宗は反抗した御広敷伊賀者組頭藤川に代わって、山里伊賀者組頭の遠藤を引き立てた。今、二人の周囲を六名の伊賀者が囲っていた。

「ならばよいな」

聡四郎は信用した。これからともに戦うのだ。疑いをもったままでは、いざというときに齟齬《そご》が生じる。

「畏れ入りまする」

遠藤湖夕が聡四郎の言いたいことを悟って、礼を述べた。

「従前の連中はどうだ」

「表だっては苦情も申しませぬが……」

最後を遠藤湖夕が濁した。

「肚のなかはわからぬと」

「はい」

「なめているとしか思えぬな」

聡四郎はあきれた。

「長善寺《ちょうぜんじ》の乱がよろしくなかったのでしょう」

遠藤湖夕が嘆息した。

長善寺の乱とは、二代将軍秀忠《ひでただ》のときに起こった伊賀組同心の叛乱である。二代目伊賀組頭領服部半蔵《はっとりはんぞう》の傲慢《ごうまん》と甲賀者《こうがもの》以下の扱いに抗議した伊賀組同心が、一斉に組屋敷を逃げ出し、四谷の長善寺に籠もって幕府へ待遇改善を求めた。幕府は旗本を動員し、長善寺を包囲したが、忍相手に有効な手だてが打てず、事態は長引いた。とはいえ、旗本を翻弄し続けた伊賀者同心も、補給が続かなければ戦えない。やがて兵糧は尽き、伊賀組は降伏、乱は治まった。

叛乱、幕府にとってこれほど大きな罪はない。だが、幕府は伊賀組を四つに分割しただけで、ことを納めた。

「伊賀には価値がある。なにをしても潰せないと思いあがったか」

苦く聡四郎は顔をゆがめた。

「はい」

同じく頬をゆがめながら、遠藤湖夕が首肯した。

「時代も違う。まだ幕府の土台が固まっていなかったころとは違う。なにより、上様が……」

「……………」

黙って遠藤湖夕が同意を表した。

「お願いいたしまする」

遠藤湖夕が深く一礼した。

「わかっている。任をしっかり果たしてくれたならば、なんとか上様への取りなしはする」

「一蓮托生《いちれんたくしょう》はご免でございますれば……我らには妻も子もおりまする」

はっきりと遠藤湖夕が言った。

叛乱となれば、一族連座であり、女子供といえども許されない。由井正雪《ゆいしょうせつ》の乱のおりは、赤子《あかご》まで磔《はりつけ》にされている。

「ところで、水城さまがここへ来られたということは……」

「ああ。拙者が御広敷伊賀者を預かることになった。もっとも、表には出せぬゆえ、やりとりはおぬしとだけにせよとのご指示である」

「承知いたしました。では、普段は従来どおり御広敷番頭《ばんがしら》さまの支配を受けておればよろしゅうございますな」

留守居支配の御広敷伊賀者は、御広敷番頭の下につけられていた。

「ああ。ただし、拙者と御広敷番頭の指示が違ったときは、こちらを優先せよ」

「わかりましてございまする」

遠藤湖夕が認めた。

「で、最初のご指示は」

「竹姫さまの警固に人を出してくれ。これは、上様のご命令である」

聡四郎は告げた。

「上様の……とうとう表に出されますので」

「気づいて……」

竹姫が吉宗の気に入りだと知っている遠藤湖夕に、聡四郎は驚いた。

「御広敷伊賀者で気づいておらぬ者はおりますまい」

大奥を警固する御広敷伊賀者である。大奥のなかであったことはすべて知っている。いや、交わされた言葉ももれなく聞いている。

「それで藤川は、行列を襲ったか」

「あいにく、そのあたりは存じませぬ。まだ、こちらに来ておりませんでしたので」

遠藤湖夕が首を左右に振った。

「着任は今朝か」

「さようでございまする。昨日藤川が逐電したあとを受けて、わたくしが御広敷伊賀者組頭となりました」

経緯を遠藤湖夕が語った。

「わかった。では、竹姫さまのことを頼むぞ」

「お任せ下さいませ」

軽く一礼した遠藤湖夕が聡四郎を見あげた。

「一つお願いがございまする」

「なんだ」

聡四郎が先をうながした。

「女中を一人ご推挙願いたく」

「……女忍を出すと」

「ご明察でございまする。床下と天井裏だけでは、間に合わぬときもございまする」

「同僚が、配下が信じられぬ状況では当然だな」

聡四郎は理解した。

「了解した。というより、ちょうどよい。竹姫さまのもとに忍んでいたお末の後が空いている」

「仕留められましたな」

遠藤湖夕が鋭い目になった。

「ああ。命を狙われてはな。女といえども見逃せぬ。逃がせば、また来る。そのときも勝てるという保証はない」

「おみごとなお覚悟でございまする」

聡四郎の言葉を遠藤湖夕が褒めた。

「その女忍の名前、顔と身体つきを教えてくだされ。違和のないように、似た者を用意いたしまするゆえ」

「名前は孝。歳は二十二歳だったか。面長《おもなが》で眉は細く……」

殺した相手のことは忘れられない。聡四郎は孝の特徴を告げた。

「ありがとうございまする。野点までには大奥へ入れまする」

「代参の途中病《やまい》を発し、実家で休養しているとの届けが出ている形にしておく」

打ち合わせを終えて聡四郎は、御広敷伊賀者詰め所を出た。

「用人がなにをしにきた」

「わからぬ。さすがにあれだけ周囲を警戒されては、盗み聞きもできぬ」

御広敷伊賀者詰め所の反対側にいた伊賀者二人が、御錠口付近を見た。

「穴太が次の組頭だと思ったのだがな」

「上様は甘くなかったな」

「いいや、甘いな」

別の伊賀者が加わってきた。

「須加《すが》、どういうことだ」

もとからいた伊賀者の一人が問うた。

「山里伊賀者を全部連れてきたところで九名。対して御広敷伊賀者は減ったとはいえ、五十名をこえる。勝負になるまい」

須加と呼ばれた伊賀者が説明した。

「どうだかな」

もう一人の伊賀者がなんともいえない表情をした。

「御広敷伊賀者は一枚岩でなくなった。保身に走る者も多い」

「伊賀の掟を破るというか」

さっと須加が顔色を変えた。

「さび付いた掟にいつまで縛られているのだ」

「なにを言うか、戸川《とかわ》」

須加が咎めた。

「何人死んだのだ。掟を守ると称して……」

戸川が言い返した。

「それらすべてが、あの用人のせいなのだぞ。用人を討たずして、死んでいった者の菩提《ぼだい》が弔えるか、遺《のこ》された者の無念が晴らされるか」

「遺された者は、本当に復讐を望んでいるのか。死んでいった者は仇《かたき》を討って欲しいと思っているのか」

激する須加へ、戸川が問いかけた。

「なんだと」

「吾は違うと思う。もし、吾が死なねばならぬとき、仇を討って欲しいなどとは思わぬ。己の菩提もどうでもいい。ただ、遺された者のことが気になるだろう」

戸川が言った。

「遺された者が、安泰であれば、吾の死は無駄ではない。だが、吾が用人を襲ったことで、妻や子に累が及べば……」

「…………」

須加が黙った。

「のう、我らはなんのためにあるのだ」

戸川が問いかけた。

「掟を守るためか、それとも代を受け継いでいくためか」

「……掟は守らねばならぬ」

強い口調で須加が言った。

「掟のために全滅したら、誰が遺された者を養うのだ」

「それは……」

須加が口をつぐんだ。

「生きていればこその掟だ。なにより、掟ができたころと世のなかが違う。外に出ていき、命をかけて稼がねばならなかった乱世ではない。我らには譲っていける禄がある」

「伊賀者の矜持を捨てろと」

「そんなもの、禄をもらったときになくなっているだろう。狼だった伊賀者が、禄という首輪を付けられ犬になった証だ、禄は」

冷めた顔で戸川が述べた。

「………」

「吾はもう用人には手出しせぬ」

「戸川……きさま」

「安心しろ。仲間を売るほどの禄はもらっていない。犬とはいえ、もらえる餌に応じた働き以上をする義理はない」

激しかけた須加へ告げて、戸川が立ち去った。

「御広敷伊賀者も終わりだな。一枚なればこそ、伊賀は強い。山里が上様についたとき、負けは決まっていたか。長善寺の乱で組を割ったのが、ここに来て効いた」

須加があきらめの吐息を漏らした。

第三章　女の陰謀

一

野点は大奥の戦いとなった。

「菓子の報復はどうしてくれよう」

天英院が憤怒していた。

「野点の席で、月光院の茶道具への見識を嘲笑《わら》われるだけでは……」

姉小路が天英院の顔色をうかがった。

「なにを申すか。月光院を笑うために野点の会を催すのだ。それは最初から組みこまれている。月光院がなにもしなければ、笑うだけで許してやった。だが、あの愚か者は妾に恥を掻かそうとした。それに対する報いをくれてやらねばなるまいが」

「……」

天英院の言葉に、姉小路が黙った。

「菓子への嫌がらせに対するには……茶を押さえるか」

「それは無理でございましょう。茶ていどならば、手持ちだけで賄えましょう」

姉小路が否定した。

やられればやりかえす。これをしないと、引いたぶんだけ食いこまれることになり、放置しておけば、居場所を失いかねない。それが女の戦いである。といっても、力ずくというのはまずかった。

大奥のなかで乱闘騒ぎなどを起こせば、さすがに表も黙っていない。閉じられた大奥生活の不満発散は、どうしても陰湿になる。

「残るは……水か」

「水をどうすると。月光院の局近くにも井戸はございまする。水を止めることは難しいかと」

「井戸へ毒を……」

「お方さま」

姉小路が、天英院に最後まで言わせなかった。

「誰が聞いているかわかりませぬ」

「……うかつであった」

腹心に諫《いさ》められて、天英院が肩の力を落とした。

「井戸は、いざ籠城《ろうじょう》となったとき、なにより大事なものとなりまする。もし、そのようなまねをしたと上様に知られれば、いかに天英院さまといえども無事ではすみませぬ」

「わかった、わかった。もう言うな」

諫言《かんげん》に天英院が辟易《へきえき》といった顔をした。

「水もだめだとなると……」

三度天英院が思案し始めた。

「どうしても報いを受けさせねばなりませぬか」

「当たり前じゃ」

姉小路の確認に、天英院は首肯した。

「では、いかがでございましょう。菓子を使えなくしてやるというのは」

「……ほう。おもしろいではないか」

天英院が姉小路の提案に身を乗り出した。

「どうするのだ」

「納品されたものを地に落としてやればよろしゅうございましょう。七《なな》つ口《ぐち》に届けられた菓子は、そこで月光院付きの女中へと渡されまする。そのあと、廊下ですれ違いざまにでもぶつかってやれば……」

「なるほどの。落ちた菓子を茶席には出せぬな」

天英院が満足そうに笑った。

「月光院御用の菓子に粗相《そそう》を働くことになりますゆえ、一人二人は犠牲にいたさねばなりませぬが」

ぶつかった者を無罪放免にはできなかった。さすがに菓子ていどで死罪どころか、牢へ入れられることもないが、そのままにはしておけない。

「茶道具を笑った者と同じく辞めさせることになりましょう。相応の金をくれてやらねばなりませぬが、よろしゅうございましょうや」

引退金、いや口止めの金を出さなければならないと姉小路が告げた。

「かまわぬ。それで月光院に思い知らせてやれるならば、安いものじゃ」

金の苦労などしたこともない天英院が許可した。

「あと……」

姉小路が声をひそめた。

「……なんじゃ」

合わせて天英院も小声になった。

「伊賀者の組頭でございまする」

「……竹を害せなかった役立たずがどうした」

天英院が怒りを言葉にのせた。

「山城帯刀どのより、引き取ったとのお報せがございました」

「……右近将監どののもとへ逃げたのだな」

「さようでございまする」

「となれば、御広敷伊賀者はもう使えぬな」

「残念ながら」

苦い顔をする天英院に姉小路がうなずいた。

「お膳立てをしてやったというに……情けない」

天英院が吐き捨てた。

竹姫に深川八幡宮への代参を勧めたのは、天英院であった。

「しかし痛いの。伊賀者が使えねば、吉宗へ対抗できぬぞ」

「それにつきまして、帯刀どのが、いつでもお声をおかけいただきたいと」

「どうするというのだ。もう、大奥へ人を出せまい」

「手はあるそうでございまする」

姉小路が山城帯刀の伝言を述べた。

「さすがは右近将監どのの家老じゃな。頼りになる」

天英院の顔色が明るくなった。

「では、早速に使い道を考えねばならぬな」

小さく天英院が口の端をつりあげた。

「そう急《せ》かれずとも。今度こそしくじりのないように、十分手をかけませぬと」

「たしかにの。今は野点のことじゃ」

姉小路の宥《なだ》めに、天英院が同意した。

「では、野点のこと任せるぞ」

「はい。早速、手配をいたしまする」

姉小路が引き受けた。


人というのは生きていかなければならないと必死になっているときは、他者を見る余裕がない。

衣食住足りれば、恨みが出てくる。

もと御広敷伊賀者組頭藤川義右衛門は、ようやく得た安住の場所、館林藩上屋敷の長屋で、一人酒を喰らいながら、聡四郎を呪っていた。

「あの用人さえ、御広敷に来なければ……」

発端は、御広敷用人に任じられた聡四郎を、伊賀を抑えこもうとした吉宗の先鋒と誤解した藤川が襲撃したのにあった。吉宗によって探索方を御庭之者に奪われた藤川の懸念がことを引き起こしたのだ。

最初に歯車を狂わせたのは藤川であった。

「吾は御広敷伊賀者組頭として、君臨していた」

藤川が盃を乱暴に投げた。

御広敷伊賀者の禄は少ない。それだけではかろうじて生きていけるというていどしかないが、余得があった。

御広敷伊賀者は大奥を警固する。大奥へ出入りする人物、品、そのすべてを御広敷伊賀者があらためる。納得するまであらためる権を伊賀者は持つ。しかし、あまりときをかけられては、商品が傷むこともある。大奥の出入り口である七つ口で半日足止めされたら、生ものなどは商品とならなくなる。納めたはいいが、後日腐っていたとか、臭ったとか言われるかもしれないのだ。大奥出入りという看板は、大きい。大奥女中を怒らせて、その看板を取りあげられては、店が潰れてしまう。そこで、商人たちは目こぼしをしてもらえるように、御広敷伊賀者に賄賂を渡し、さっさと通関させてもらう。その金は、御広敷伊賀者全体の収入となるが、当然頭である藤川にもっとも多く配分される。本禄の数倍に及ぶ余得が、組頭にはあった。

「それが、今や陪臣だ」

藤川が頬をゆがめた。

「これもすべて、水城のせいだ」

他人に責を押しつけた藤川が暗い目をした。

「……水城も憎い。それよりも腹立たしいのが、あの伊賀の女」

藤川が空《くう》を睨んだ。

伊賀の女とは、聡四郎と大宮玄馬によって兄を殺された伊賀の郷の女忍袖《そで》のことである。殺された同胞の仇は討たねばならぬという、伊賀の掟に従って江戸まで聡四郎と大宮玄馬を追ってきた。

とはいっても江戸などまったく知らない袖たちは、藤川に協力を求め、その指示に従って、竹姫を襲い、聡四郎たちによって返り討ちにあった。

大宮玄馬によって大怪我を負わされた袖は、聡四郎の屋敷へと引き取られ、療養していた。その袖から竹姫襲撃の裏を漏らされてはまずいと考えた藤川は、先夜水城の屋敷へ侵入した。一時は優位に進んだ戦いも、袖の裏切りで失敗、己以外の伊賀者は討たれ、藤川は這々《ほうほう》の体《てい》で逃げ出した。

「裏切りは許されぬ」

掟にするまでもなかった。裏切りはどこにおいても、いつにおいても許されざる行為であった。

「とはいえ、もう一度水城の屋敷を狙うだけの力はない」

藤川が嘆息した。

「なければ調達すればいい」

一瞬うなだれた藤川が顔をあげた。

「郷の女の裏切りは、郷の責じゃ」

藤川が吐き捨てた。

「伊賀まで急げば三日。一日話に使ったとして、七日あれば帰ってこられるな」

手早く藤川が計算した。

「その前に、帯刀にも用人の手強《てごわ》さを知ってもらわねばならぬ。あれがどれほど邪魔かを身にしみてくれれば、吾への扱いも変わろう。人を出して用人を試すよう帯刀を煽《あお》っておかねばならぬな」

面倒くさそうに藤川が腰をあげた。

「あと柳左伝《やなぎさでん》も誘ってやるか。ことがなれば、甲府藩へ推挙してくれるといえば、居所のないあやつは飛びついてくるだろう」

柳左伝は御広敷伊賀者の跡取りであったが、忍の適性がなかったため廃嫡《はいちゃく》され、御広敷伊賀者から追放された。幸い、人に優《まさ》るだけの剣の才能を発揮、一流で師範代となっていた。もっとも、これらすべて、藤川が手配したもので、御広敷伊賀組を追い出し、剣の腕を磨かせたのも、いずれ道具として使うつもりであったからである。自らの腕で得たと思いこんでいた師範代の座も、藤川の策であったと知らされた柳左伝は、失意のうちに道場を去り、刺客業へと身を落としていた。

藤川の姿が長屋から消えた。

二

伊賀の郷の女忍袖は、水城家の奥でうつぶせに寝ていた。

「痛みはどう」

水を入れた桶を持った紅が、袖の枕元に座った。

「ないわ」

素っ気なく袖が答えた。

「そう。脱がすわよ」

紅が袖の浴衣《ゆかた》をめくった。

「もう血は出てないみたいね」

そっとめくった晒《さらし》に血が付いていないのを確認して、紅がほっと息を吐いた。

「憎いのではなかったか」

袖が鼻先で笑った。

「竹姫さまを襲ったのは許していないわ。でもね、命を助けられた恩は別」

紅が手拭いを水に湿らせて、そっと袖の身体を拭いた。

「甘いな」

顔を伏せたまま柚が言った。

「甘くていいわ」

「そのようなことでは、生き抜いていけぬぞ」

「前も言ったかも知れないけど、あたしはね、町民の出よ。刃を振るって命の遣り取りなんか、生涯関係なく生きていくはずだったの。なんの因果かお旗本の奥方になっちゃったけどさ」

口を尖《とが》らせて紅が反論した。

「好きな男と一緒になって、子供を産んで、育てて、ともに老いていく。それが当たり前だったの、あたしのなかではね」

「……………」

「まあ、えらいのに惚れてしまったあたしが悪いんだけど……」

紅がほほえんだ。

「いつ死ぬかわからない夫だぞ、あやつは。伊賀の恨みを買ったのだ」

「たしかにそうなのよね。いつも巻きこまれるんだから」

柚の脅しに、紅がうなずいた。

「でも、止《や》めておいたほうがいいわよ」

「なにをだ」

「聡四郎さんを襲うのは」

「兄を殺されたのだぞ」

袖が顔を上げて、紅を睨んだ。

「それはご愁傷様《しゅうしょうさま》だとは思うけど、そちらが先に手出しをしたからでしょう。返り討ちにあったからといって、根に持つのは勝手が過ぎるわ」

紅が言い返した。

「……敵討ちは、遺された者の定めであり、心の安らぎだ」

「心の安らぎというのは否定しないわ。あたしだって、聡四郎さんになにかあって、相手が生きているとなれば、我慢できないと思うから」

「……ほう」

意外そうな顔を袖がした。

「復讐など無意味だからとか、敵討ちは、あらたな火種を生むだけだとか、言うと思ったが」

「そういうのは、和尚《おしょう》さんに任せておけばいいのよ。人の心の痛みは、他人にはわからないものだから。念仏を唱えることで気がすむ人はそうすればいい」

淡々と紅が述べた。

「ではなぜ、止めろなどと言った」

「聡四郎さんを失いたくないからに決まってるわ」

あっさりと紅が答えた。

「ふざけるな。こちらは大事な家族が死んでいるのだぞ」

袖が激した。

「本気なんだけどね。それだけじゃないわ。聡四郎さんになにかあれば、伊賀はなくなるわよ。上様が黙っておられない」

「たかが一旗本のために、将軍が動くものか」

「個としての恨みならば、目の前で聡四郎さんが殺されようとも、上様は見過ごされるでしょうね。でも、今度のことは上様の御用によるもの。つまり、伊賀は上様の命に逆らったことになる。上様のご威光に傷をつけた。お許しになられるはずはない」

紅が口調を強くした。

「それがどうした。伊賀を滅ぼすなど、誰にもできぬ。織田信長《おだのぶなが》でさえ、果たせなかったのだぞ」

袖がうそぶいた。

「わかっているはずよ」

「……」

じっと紅に見つめられた袖が目をそらした。

「戦国じゃないわ、もう。織田信長さまが伊賀を襲ったとき、天下は織田さまのものではなかった。信長さまに敵対する人も多かった。だから伊賀をかばう人がいた。でも、今は違うわ。徳川家のもとで天下は統一され、逆らう者はいない。上様が伊賀を滅ぼせと命じられたら、逃げられない」

紀州藩主だった吉宗の養女として、藩邸に引き取られた紅は、そこで武家の妻としてふさわしいだけの教育を施されていた。

「隠れた忍を見つけることはできぬ」

自信満々で袖が述べた。

「いつまで隠れておられるのかの」

襖の外から声がした。

「先生」

紅が入江無手斎《いりえむてさい》だと気づいた。

「開けてよいか」

「少しお待ちを」

求める入江無手斎に応じて、紅が袖の身体を夜具で覆った。

「どうぞ」

「邪魔する」

許可を得て、入江無手斎が座敷に入ってきた。

「顔色はよさそうだの」

「隠居か」

笑いながら声をかけた入江無手斎と初見の袖が首をかしげた。

「いいや。この顔が旗本に見えるか」

入江無手斎が己の顔を指さした。

「その腕……きさまが無手斎」

右肘《ひじ》から先が力なくたれていることに気づいた袖が入江無手斎の名前を当てた。

「おうよ。初めてお目にかかるな。伊賀のくのいち」

「……忍の符丁を」

くのいちと呼ばれて、袖が鋭い目つきになった。女という文字を分解すれば、ひらがなのく、カタカナのノ、漢字の一になる。そこから女忍のことを伊賀ではくのいちと称していた。

「剣の修行で全国を行脚《あんぎや》したことがある。そのときに知ったのよ」

「伊賀の郷に他国者《よそもの》が入れるはずなどない」

袖が首を左右に振った。

「伊賀者がずっと郷におるわけではあるまい。修行に出ることもあろう」

「柳生《やぎゆう》道場か」

袖が思いあたった。

「そうよ。伊賀者は新陰《しんかげ》流を学ぶ者が多いようだな。近いからか、柳生道場には、いつ訪れても伊賀者がいた」

懐かしむように入江無手斎が目を細めた。

「柘植《つげ》琢馬《たくま》は元気にしておるかの」

「……柘植どのは、先年亡くなられたわ」

「患《わずら》ったか」

「……どうして病で死んだとわかる」

袖が驚いた。

「琢馬ほどの遣い手が、そうそう負けるはずはない」

入江無手斎が強く言った。

「胸を患って……五年前に」

語調を和らげて袖が告げた。

「そうか」

悼《いた》むように入江無手斎が瞑目《めいもく》した。

「懐古話はここまでじゃ。袖とか申したの。奥方さまの話はまことだ。上様は苛烈なお方だ。逆らった者を放置されぬ」

「……」

ふたたび袖が沈黙した。

「五年先ならばわからぬが、今はならぬ」

「どういう意味だ」

袖が問うた。

「上様は直系ではない。御三家から初めて将軍となられたお方じゃ。どうしても、周囲は分家の出と侮る。侮りは不服従を生む。幕政を改革されようとなさっている上様にとって、今、いうことをきかぬ者が出ては困るのだ」

「侮られぬよう、見せしめにするというか」

「そうだ。上様にとって、伊賀の郷の反抗は己の力を見せつける機会ぞ。伊賀の領主藤堂《とうどう》家に命じるだけでなく、周囲の大名たちにも伊賀を封じさせよう。その後、討伐の軍勢を送られれば、いかに忍が優れていようともどうしようもあるまい」

「武士など敵ではないわ」

袖が言い放った。

「忍はな。だが、伊賀の郷は忍だけではあるまい。子を産む女、田畑を耕す男もおろう。この者たちは戦えるか。足手まといをかばって、忍は勝てるか」

「……それは」

言われた袖が詰まった。

「幾人かの忍は逃げおおせよう。それだけだ。居場所を失った忍に安住の日は来ぬ。子を作り、技を継承させることもできぬ」

忍の技だけではなかった。鍛冶《かじ》、稲作、武芸、どれをとっても次代への継承は必須であった。受け継ぐ者がなければ、どれほど苦心して身につけた技も己一代で絶える。また、技の継承に秘伝が多いものほど、他人目《ひとめ》を避ける格別な場所がなければばならない。そして、そのような場所を維持するには、金と人が要った。

「技を伝えられなくなれば、伊賀は滅ぶ。違うか」

「…………」

袖が言葉を失った。

「生き残ることが忍の任。だが、技を伝えるには不足だ。一人二人が生き残ったところで、多彩な技を駆使する忍をあらたに生み出せぬ」

「……では、泣き寝入りしろと」

「できぬなら、滅びるだけだ。相手は天下人だぞ。天下相手に喧嘩《けんか》ができるか。権は相手にある。法も道理もな。情など端《はな》からない。ゆえに豊臣家は耐えられなかった。天下人となった家康さまの前に頭をこすりつけることができなかった。ゆえに滅んだ。一度家康さまに刃向かっておきながら、薩摩の島津《しまづ》や上杉《うえすぎ》が生き残れたのは、膝を屈したからだ」

厳粛な声で入江無手斎が諭した。

「……ああっ。どうすれば……」

袖が顔を敷物に埋《うず》めた。

「邪魔をした。そろそろ主どのの出迎えに向かうといたそう」

入江無手斎が腰をあげた。

宿敵との決戦で右腕が使えなくなった入江無手斎は、道場を閉めて引退していた。その入江無手斎を紅は、聡四郎の警固役として引っ張り出していた。

「先生」

入江無手斎の後を紅が追って来た。

「ありがとうございました。憎まれ役を買ってでてくださいまして」

紅が頭をさげた。

「いや。偉そうな訓を垂れるのは、年寄りの仕事じゃ」

小さく入江無手斎が首を左右に振った。

「よく見ていてやってくれ。思いきったまねをしかねぬ。忍にとって、命は安すぎる」

「はい。目を離さぬようにいたしまする」

注意する入江無手斎に紅が首肯した。

「聡四郎のことは預けてくれい」

安心させるように、無事な左手で脇差《わきざし》の柄《つか》を入江無手斎が叩いた。

「よろしくお願いいたしまする」

紅が深く頭をさげた。

一人になった紬が、顔をあげた。

「見張っているのだろう」

紬が庭に面した廊下側の襖へと声をかけた。

「話がしたい。顔を出せ」

「…………」

襖が開いて、大宮玄馬が顔を出した。

「入ってこい」

「それはできぬ」

求めに大宮玄馬が首を振った。

武家では、主の許しのない男女の仲は不義密通となる。女と二人きりで座敷にいるだけで、疑念をもたれかねなかった。

「きさまの主は、狭量だの」

「殿を嘲弄《ちょうろう》するな」

笑った紬に、大宮玄馬が殺気をぶつけた。

「すまぬ」

袖がすなおに詫びた。

「頼む。もう少し寄ってくれ。大きな声を出せば、背中に響くのだ」

袖が声を小さくした。

「…………」

「襲われても文句は言わぬ。女忍の末路はわかっている」

まだためらっている大宮玄馬へ、袖が固い口調で語りかけた。

「襲わぬ」

「ならばよかろう。主どのは、おぬしを信用している。そして、おぬしは己の克己心に自信がある」

袖が促した。

「女として多少不満ではあるが」

「ふざけたことを」

付け足した袖になんともいえない表情をした大宮玄馬だったが、座敷のなかへ膝を進めた。

「微妙に遠いな」

手を伸ばしても届かないだけの距離を空けて座った大宮玄馬に、袖があきれた。

「これでいかぬなら、話は聞かぬ。刃物を奪われてはかなわぬ」

「用心深いことよ。だが、見事な心がけだ。そこでいい。話を聞かせてくれ」

腰をあげかけた大宮玄馬に、袖が折れた。

「なんだ」

大宮玄馬が促した。

「兄との戦いを教えてくれ」

「と訊かれても、どれが兄どのかわからぬぞ。伊賀者は面を覆っていたからの」

「京で襲われただろう。そのなかに兄がいた。そのときの戦いを」

袖が願った。

「伏見稲荷《ふしみいなり》大社だ、我らが襲われたのは。相手は四人だった」

「そうだ。兄たちは四人で郷を出た」

話し始めた大宮玄馬に、袖が首肯した。

「殿が二人、吾が二人を受け持った。拙者が相手をしたのは……」

間をおくことなく、大宮玄馬が語った。

「兄たちは強かったか」

「ああ」

問われた大宮玄馬は一言で認めた。

「紙一重だったとかの世辞《せじ》もなしか。危なげもなく勝ったのだな」

袖が見抜いた。

「刀で遣り合ったのだ。負けるようでは殿の警固など務まらぬ」

感情を消した声で、大宮玄馬が述べた。

「そうだの」

満足したように、袖が応じた。

「おぬしの話をしてくれぬか」

夜具へ顔を埋めながら、袖が希望した。

「吾の話……」

「生い立ちから聞かせて欲しい」

「なぜだ」

意図がわからず、大宮玄馬が首をかしげた。

「忍の郷しか、吾は知らぬからな。江戸との違いもわからぬ」

袖が答えた。

「おもしろいものでもないぞ。貧乏御家人《ごけにん》の三男の話など、どこにでも転がっている」

「それが伊賀にはないと言うておろうが。吾は普通というものを知りたい」

しぶる大宮玄馬に、袖が告げた。

「あとで文句を言うな。吾は八十俵三人扶持の御家人の三男として生まれた。家督《かとく》を継げぬ男子《おのこ》は養子に行くか、武家の籍を離れて職人のもとへ弟子入りするか、商家で奉公するかしかない。でなければ、無駄飯食いとして、一生兄の厄介者となってしまう」

「うらやましい話だな」

袖が口を挟んだ。

「どこがだ」

兄の厄介者というのは、惨めなものであった。禄を与えられない使用人として、生涯娶《めと》らず、休みもなく働き続けなければならないのだ。病になっても医者はもちろん、薬さえ与えられない。

「伊賀に生まれた者に選択はない。職人になる、商家へ奉公するなど許されない。養子に行けなかった者、忍としての才がない者は、すべて農奴《のうど》になる」

「農奴……」

大宮玄馬が息を呑んだ。農奴とは、人としての尊厳もなく、ただ使い減らされるだけのものであった。

「先を聞かせてくれ」

続きをと紬が促した。

「……三男の吾は、剣に活路を見いだした。算勘に長《た》けているわけでもなく、筆が立つわけでもない。そういった貧乏御家人の息子は、ほとんどが道場へ通い、免許をもらって推挙してもらうか、独立して道場を構えるかのどちらかを夢に見る」

「夢があるのか。よいな」

ふたたび紬が漏らした。

「……吾は家から近かった一放《いっぽう》流入江道場へ通った」

「そこで、殿と出会った」

大宮玄馬は、紬の言葉を無視した。

「知っている」

「……」

疑いの目で大宮玄馬が見た。

「襲う相手のことを調べるのは当然であろう。忍は徹底して相手について調べるゆえに、強いのだ。好みの食材を知っていれば、毒を盛りやすい。夜中に厠《かわや》へ行く癖があるなら、そのときに襲えば、警固はいない。知っていれば……」

言いかけた袖が目を潤ませた。

「兄にはその余裕が与えられなかった。江戸の伊賀者の依頼で、すぐにおまえたちを狙った。せめて剣の筋だけでも調べられていたら……」

「それでも負けはせぬ。だが、苦労したであろう」

剣士としての誇り、警固する者としての責務を口にしながら、大宮玄馬が同意した。

「……ふふふ」

袖が笑った。

「不器用じゃな」

「……器用な生きかたはできぬ」

大宮玄馬が憮然《ぶぜん》とした。

「のう、伊賀は古いのだろうな」

しみじみとした声で袖が言った。

「伊賀だけではない。武家がすでに古いのだ」

「武家が古いと言うか。武家は四民の上に立ち、政を担っているではないか」

袖が目を剝いた。

「武家とはなんだ」

「えっ」

訊かれた袖が戸惑った。

「戦う者であろう。武家とは力で領地を守るのが仕事」

「……そうだな」

大宮玄馬に答えられて、袖が納得いかない顔でうなずいた。

「今、どこで領地を巡って争いがある」

「……ないな」

さらなる問いに、袖が述べた。

「戦いのなくなった天下泰平の世に、武家は要るのか。もちろん、まったく武力をなくしてしまうなどという馬鹿を言うつもりはないぞ。話し合いで解決しないことはいくらでもある。向こうから斬りかかってくることも多い」

「……ふん」

大宮玄馬に見つめられて袖が鼻白《はなじろ》んだ。

「わかるだろう。本来武家は政に向いていない」

「幕府を否定する気か」

袖が驚いた。

「否定はできぬ。だが、もっと政に適した者がいよう。たとえば、勘定方などがそうだ。算盤《そろばん》を扱わせれば、商人は武家よりはるかにうまい」

貧乏御家人の息子など、武家より町人に近い。大宮玄馬は世間をよく見ていた。

「たしかにな。適材適所だな」

「わかっていて、やろうとはしない。なぜだ」

「武家は人の上に立つ者だからだ」

「では、武家がすべての人より優れておらずばなるまい」

「無理だな」

袖が否定した。

「であろう。優れていない者が他人の上でふんぞり返る。こんなものが続くはずはない。変わらねばならぬのは、伊賀も武家も同じなのだ」

大宮玄馬が表情を曇らせた。

「剣の修行だけに打ちこめた日々が恋しい。醜い争いを知らずにおれた」

懐かしむように大宮玄馬が言った。

「後悔しているようには見えぬな」

袖が大宮玄馬の顔を見た。

「もちろんだ。吾は主に仕えることができて満足している」

「拾ってもらっただけであろうに」

袖が悪口《あっこう》をたたいた。

「野良犬では生きていけまい。いや、他人に牙剝かねば餌さえ取れぬ。飢えて他人を襲うなど、禽獣《きんじゅう》ではないか」

「禽獣……か」

小さく袖が呟いた。

「少し疲れた、眠る」

袖が目を閉じた。

「………」

静かに大宮玄馬が、もといた廊下へと戻った。

三

野点の前日、八つ半（午後三時ごろ）に聡四郎は、竹姫付きの女中鈴音を呼び出した。といっても、鈴音は御広敷まで出てこられない。結局は、聡四郎が大奥御広敷座敷へと出向くことになった。

「姫さまの御用をお果たしくだされたか」

鈴音が問うた。

「はい。まず茶がここに。宇治屋の一番茶と申すものを昼前に挽いてもらいましてございまする」

聡四郎は小壺を取り出した。

「それは結構な」

喜んで鈴音が受け取った。

「で、菓子は」

「それが……」

わざとらしく聡四郎は、御広敷座敷下段の間隅に座っている立ち会いの女中へ目を遣った。

「……」

鈴音が小さくうなずいた。

「申しわけなき仕儀《しぎ》ながら、菓子匠はどこも手が空いておりませず、手配が間に合いませなんだ。なんとか、明日の野点には」

聡四郎は頭を垂れた。

「なんと困った話じゃ」

大きく鈴音が首を左右に振った。

「野点は明日の昼八つぞ。それまでにかならず間に合わせよ」

鈴音が強く命じた。

「承知いたしておりまする」

聡四郎は応えた。

「次に、病で里帰りをいたしておりました末でございますが……」

ふたたび聡四郎が目配せをした。

「末……ああ、あの者か」

やはりすぐに気づいた鈴音が、話を合わせた。

「本復《ほんぷく》いたしましたので、明日より出仕いたしまする」

「それは重畳《ちょうじょう》じゃ。したが、無理はさせておるまいな」

「多少痩せたと使いの者が申しておりましたので、顔つきなど変わっているやも知れませぬが、医師の許しも得ているそうでございます」

鈴音の真意を悟った聡四郎は別人だと暗に報せた。

「ならばよい。ご苦労であった」

用はすんだと鈴音が腰をあげた。

「では、ごめんを」

もう一度頭を下げて鈴音を見送った聡四郎は御広敷座敷下段の間を出た。

「上様もなにを考えておられるのやら」

今回聡四郎はただの使い走りでしかない。下《しも》の御錠口をこえてから、聡四郎はぼやいた。

聡四郎と鈴音の対面に同席していたのは、天英院の局から出た御錠口番と月光院の局に属しているお次の二人であった。

二人は聡四郎が出ていくなり、それぞれの主のもとへと走った。

「姉小路さま」

御錠口番が、天英院と野点の打ち合わせをしていた姉小路に声をかけた。

「佐野《さの》か。どうした」

姉小路が問うた。御錠口番は目見《めみ》え以上である。直接天英院に話をしても問題はないが、貴人と直接遣り取りするのは下品とされている。佐野は姉小路へ語ることで、天英院にも聞かせるという手をとった。

「竹姫さまの菓子が、明日になりました」

「おおっ」

「うむ。月光院の汚い策が思わぬ功をたてたの」

報告に、姉小路が喜び、天英院が首肯した。

「佐野、そなた明日も御錠口番をいたせ」

「今日が当番でございますれば、明日は非番でございますが……」

佐野が首をかしげた。

「わからぬか。そなたを御錠口番とさせる意味が」

姉小路が顔をしかめた。

「申しわけございませぬ」

あきれたような姉小路に、佐野が詫びた。

「よいよい、叱ってやるな。下の者ぞ。わからずして当然であろう」

天英院が宥めた。

「畏れ入りまする」

姉小路が天英院へ一礼した。

「お方さまのお情けもある。説明してやる」

尊大な態度で、姉小路が佐野に告げた。

「よいか、明日、そなたが御錠口に詰めておれば、竹姫さま付きの用人が来たときに邪魔できよう」

「御広敷用人の職務を妨げるわけには参りませぬ」

姉小路の言葉に、佐野があわてた。

御広敷用人はそれぞれに付く相手があるとはいえ、大奥の実務を取りしきる役人なのだ。その行動を阻害すれば、どのような報復が来るかわからない。

「あの御錠口番は、ふさわしくございませぬのでは」

そう大奥を取りしまる年寄に言われれば、無事ではすまなかった。

「言いかたが悪かったの。そなたはな、竹姫さま付きの用人が通行を求めたとき、出迎えよ」

「……はい」

御錠口番の職務は、その名のとおり御錠口を通る者の見張りと案内である。姉小路の話は、当たり前のことであった。佐野がとまどった。

「向こうから用人が御錠口に入ったのを確認したならば……」

姉小路が続けて説明した。

御錠口は、御広敷と大奥をつなぐ廊下のようなものである。両方に扉があり、どちらかが拒めば人の通行はできなかった。

「そなた、こちら側の出入りをふさぐ形で倒れよ。急な病を装え」

「えっ……」

予想外の命に佐野が目を剝いた。

「大奥の女中に触れてよいのは、上様と医師だけじゃ」

これは不文律であった。

「もちろん、苦しんでいる女中をまたぐなど論外だ。男の股間の下に女中が……それだけで用人は切腹」

「ああ……足止めをせよと」

ようやく佐野が理解した。

「そうだ。野点が始まってしまえば、用人と竹姫は接触できぬ。大奥の庭まで男は足を踏み入れられぬからな。御広敷医師を呼んで来るまでの間でいい。最初はかならず本道《ほんどう》が来る。さすれば腹を押さえ、月のものの顔をすればいい。本道の医師は月のものを診ぬ。担当が違うゆえな。医師の交代でまた手間をかけられよう」

大奥女中の診療は御広敷医師の任である。御広敷に日夜詰めており、本道、外道の他、眼科、口中科など専門に分かれていた。

「よい案じゃ」

天英院が褒めた。

「それならば、わかりましてございまする」

とがめられないと理解した佐野が承伏した。

「お方さま」

「わかっておる。妾自ら竹姫のもとへ訪れてやればよいのだろう」

姉小路へ天英院が首肯した。

「お方さまがお客として来られれば、最上級のおもてなしをせねばなりませぬ。そのとき、菓子が出せねば、著しく礼に欠けましょう」

「恥ずかしゅうて、妾ならば死んでしまうわ」

天英院がおもしろそうな顔をした。


月光院の局でも同様の話がされていた。

「そうか、そうか」

松島が何度も首を縦に振った。

「竹姫など最初から相手にしていなかったが、天英院への手が思わぬところへ波及してくれたの。手間を掛けずに実だけをもいだも同じ」

楽しそうに月光院が手を打った。

「はい。これで明日の野点は、月光院さまの一人勝ちでございまする」

笑いながら松島が告げた。

「格落ちの菓子しか手配できぬ天英院を、茶の味がわかる連中は嘲笑しよう。用意さえできなかった竹姫など、今後は相手にされまい」

月光院が声をあげて笑った。

「はい。誰が本当の主か、今度こそ、大奥は知ることになりましょう」

松島も追従した。

「大奥女中たちを味方に付けられれば、上様も妾を一層たててくださろう。御台所不在の今、大奥には主柱となる主がおらぬ。ゆえに、風紀の乱れがある。身を退かねばならぬというのに、居場所を失っておきながら代をこえて大奥に居残っている者など、さっさと追い出してしまわねばならぬ」

月光院が表情を引き締めた。

「仰せのとおりでございまする。家継さまがお元気であらせられれば、大奥の主は月光院さまでございました。先々代の正室など、どこぞの尼寺で隠居していたはず」

「……和子《わこ》さま」

瞳を月光院が伏せた。吾が子の死を思い出さされて、月光院が気落ちした。

「申しわけございませせぬ」

口が過ぎたと松島がうなだれた。

「少し疲れたゆえ休む」

月光院が、局上の間へと消えた。

「……八島《やしま》、お方さまのお世話を」

「はい」

松島に命じられた若い女中が、月光院の後を追った。

「まずいことを口にした。失言は手柄で取り返すしかない。明日の野点で、天英院さまに大いなる恥を掻かせれば、お方さまの憂さも晴れ、妾の失敗も吹き飛ぶ」

独りごちた松島が、配下の女中たちへと顔を向けた。

「明日の朝、桔梗屋が代表して菓子を届けに来る。一同で受け取りに行くよう」

「全員ででございますか。十名おりますが」

歳嵩《としかさ》の女中が驚いた。茶で使う菓子である。数が多くとも、さほど大きくも重くもない。女中二人もいれば、十分であった。

「二人では万一に対応できまい」

「万一……」

歳嵩の女中が首をかしげた。

「天英院さまのところでも、桔梗屋や土佐屋に菓子を注文したはずだ」

「我が局の邪魔に気づいていると」

「気づいていないわけなかろう。もし、気づいていないのなら、今まで相手を潰しきれなかった我らが無能だとなるぞ」

松島が述べた。

「……」

「はい」

「ならば、どうすると思う。己の茶会で恥を掻く。そうならぬようにするには」

「菓子が届かなければよい」

「そうじゃ。七つ口につくまでは安心だ。桔梗屋も大奥御用とわかっているからな。相応の手配はしよう。それに大奥の女中は自在に外に出られぬ。となれば、外でなにかするより、大奥へ来てからのほうがよいと考えるだろう」

「たしかに仰せのとおりでございまする」

歳嵩の女中が首肯した。

「こちらの策を見抜かれているなら、七つ口を入ってからしかけてくるはず。菓子を奪い取りに来るであろう」

「奪い取るまでいたしましょうか」

「する。せねば、天英院さまの顔がなくなるのだ。京の公家の出として、月光院さまを下に見てきたお方ぞ。そのお方が、雅のさいたるものである茶で後れを取るなど、がまんできようはずはない」

松島が断言した。

「野点の席に届くまで、万全の警固をせねばならぬぞ。十分な数をな」

「承知いたしましてございまする」

指示に歳嵩の女中が手をついた。


竹姫の局は、緊迫した雰囲気にならなかった。

「そう、水城がそのように申しましたか」

竹姫が鈴音の答えに応じた。

「姫さま……」

心配そうな声を鹿野があげた。

「気にせずともよい。水城は今まで妾を助けてくれました。一度の失敗もなく。信じるにたりましょう」

おだやかに竹姫が諭した。

「ではございますが……」

大奥での茶会は戦いである。野点という簡素な形式をとったところで変わりはない。鹿野の懸念は無理のないことであった。

「礼を言う、鹿野。そこまで妾のことを気にかけてくれて。感謝するぞ」

「もったいない」

鹿野があわてた。

「それにの、水城は、紅さまの旦那さまじゃ。失敗できまい。紅さまは怒らせると怖いお方。水城がもっともそれを知っておろう」

「まさに。竹姫さまを悲しませたとなれば、紅さまが黙っておられますまい」

竹姫の言いように、鹿野が表情を緩めた。

「では、その件はよろしゅうございましょうか」

鈴音が締めくくった。

「よい」

竹姫が首を縦に振った。

「あと一つご報告がございまする」

鈴音が言った。

「なんじゃ」

鹿野が問うた。

五代将軍綱吉と確執のあった六代将軍家宣によって、竹姫はほとんどの女中を取りあげられていた。本来ならば、将軍の養女として、少なくとも三人以上身の回りの世話をする中臈格の女中がいなければならないのに、鹿野一人しか付けられていない。竹姫の局は鹿野一人によって切り回されていた。鈴音が鹿野の顔を見たのは、そのためであった。

「深川八幡宮代参のおりに病を発し、実家《さと》で療養しておりました末の孝が、無事床払いをいたし、明日朝、戻って参るとのことでございました」

「大丈夫なのだろうな。今度は」

鹿野が不安そうな顔をした。

「医師の診断があると、水城が保証いたしました」

「水城の保証つきか。ならば、安心だの」

ふたたび竹姫が信頼を見せた。

「姫さま。そう易々《やすやす》とご信頼をお寄せになるのは……」

鹿野が忠告した。

ひとときとはいえ将軍の姫として、会津保科《あいづほしな》家の嫡男や京の有栖《ありす》川宮《がわのみや》正仁《まさひと》親王と婚姻を約すくらいの待遇を受けていた竹姫である。鹿野は当時から仕えているだけに、その後の没落との格差を知っていた。綱吉が死ぬなり、手のひらを返した対応を身をもって受けてきたのだ。鹿野が人を信じられなくなっても無理はなかった。

「裏切られたとしても、妾になんの損がある。忘れられた姫を今更辱《はずかし》めてどうしようというのじゃ」

「それは……」

鹿野が詰まった。

「水城は、妾を欲しいと仰せられた上様が付けてくれた者ぞ。生まれて初めてもらった、男から女への贈りものじゃ。どのようなものであってもうれしい」

頰を染めながら、竹姫が続けた。

「紅さまに教えていただいたところによると、男というのは気に入った女の機嫌を取りたくなるものだそうだ。まあ、紅さまの言葉によると、それは女を油断させて、思うがままにするための術《すべ》だそうだがな」

「……なんという下品な」

楽しそうな竹姫に、鹿野があきれた。

「将軍と妾、水城と紅さま、町屋の男と女。皆、することは同じであろう」

「姫さま」

さすがに見逃せないと、鹿野が口調をきつくした。

「そのようなことを仰せられてはなりませぬ。女は知って知らぬ振りをしていなければなりませぬ」

「どういうことじゃ」

あどけなく竹姫が首をかしげた。

「男と女がどのようにむつみ合うのか、まったく知らねば、その場に及んだとき恐怖で身体が固まってしまったり、悲鳴をあげたりしかねませぬ。それは、婚姻をなした男女のなかでは、よろしくないこと。かといって、なんでも知っているとばかりに振る舞えば、男は疑念をいだきまする」

「疑念……」

「はい。他の男を知っているのではないかと疑うのでございまする」

「なるほどの。ゆえに、知っていて知らぬ振りをせねばならぬのだな」

竹姫が納得した。

「そのあたりも、紅さまに訊かねばならぬな。鹿野、近いうちに紅さまをお招きせよ」

「えっ」

話がずれているとようやく鹿野が気づいた。

「帰って来なかった末の話も、紅さまから聞けばよいではないか」

竹姫が寂しそうに笑った。

「あっ」

鹿野が声をあげた。

「目の前で人が死んだ。妾の命を巡ってな」

笑いを竹姫が消した。

「一年前、いや、上様とお会いする前なら、黙って殺されてやった」

「なにを仰せられます」

憤った鹿野を手で抑えて竹姫が続けた。

「だが、今は嫌じゃ。妾を求めて下さるお方がおられる。尼よりも色のない世にいた妾に、ふたたび彩りを下さった。妾は生きていてよかったのだ」

竹姫が鹿野、鈴音の顔を見た。

「上様の腕《かいな》に抱かれるまで、妾はなにをしてでも死なぬ。見なくてもよいものを見る。聞かなくていい言葉も聞こう。知らなくていいことも知る。妾は逃げぬ。天英院さまが妾を排するというなら、抗《あらが》おう。月光院どのが妾を笑いたいというなら笑われよう。生きてさえいれば、どうにでもなる」

竹姫が強く述べた。

「そなたたちにも辛抱を強《し》いる」

「ご遠慮なく。わたくしどもは、姫さまのためにありまする」

「なんでもお申しつけくださいませ」

覚悟を口にした竹姫に、鹿野と鈴音が従うと宣した。

「明日も頼むぞ」

「お任せを」

「……」

二人の女中の顔にも決意があった。

四

竹姫付き女中鈴音との面談を終えた聡四郎は、御広敷用人部屋での雑用をこなし、定刻どおりに下城した。

「お待たせをいたしました」

大手門を出た広場で聡四郎は出迎えの入江無手斎に一礼した。

「待つのも仕事じゃ」

入江無手斎が手を振った。

「みょうな気配もないし、今日は楽であったわ」

先日、入江無手斎は、聡四郎を狙った刺客《しかく》を退けていた。

「かたじけなく存じまする」

「礼を言うのはこちらだと申したであろう。仕事で金をいただくのだ。感謝すべきは儂じゃ」

いつまでも弟子としての対応を崩さない聡四郎に、入江無手斎が苦笑した。

「とにかく、帰ろうぞ。暗くなれば、不利になる」

「はい」

聡四郎も同意した。

刺客が有利なのは、ときの利と地の利を抑えられるからだ。好きなとき、つごうのいい場所で襲撃できる。白昼堂々より逢魔《おうま》が刻《とき》を過ぎたほうが見つけられにくいし、目撃者も少なくなる。

「聡四郎」

入江無手斎が前を向いたまま、声をひそめた。

「なんでございましょう」

聡四郎も合わせて、小声になった。

「後ろ、二十間《けん》(約三十六メートル)ほど離れてつけてくる者が二人いる。あれは敵か、味方か」

「……………」

言われて聡四郎は、背中に集中した。

「……二人でございますか」

聡四郎は入江無手斎に確認した。

「一人は難しい。そうとう気配を殺すのに慣れているようだ。儂でもぎりぎり感じたというところじゃ。感じた気配よりも手前だ。足音もまったく変化のないのがあるであろう」

入江無手斎が教えた。

「……ございますが……これが」

もう一度集中した聡四郎が絶句した。気配はあまりに普通であった。

「よくぞ」

聡四郎は感心した。

下城時刻を迎えた江戸城周辺は、武家でごった返している。いや、武家だけではなかった。一日の仕事を終えて、日が落ちる前に帰宅しようとしている行商人や職人もいる。江戸では、御三家の行列以外どこの大名と出会っても、町人は遠慮しなくていい。さすがに供先《ともさき》を突っ切るような馬鹿はいないが、行列の間を割って道を横切ったり、急ぎ足で抜き去っていく者は多い。そんな入り乱れたなかで、入江無手斎は周りに溶けこんでいる気配を見つけだしていた。

「これは山で修行せねば身に付かぬよ。風の揺らした草か、下にまむしが潜んでいるのか、それを感じ取れなければ、死ぬ。そういう経験を重ねねば無理だ。できるほうが異常だと思え」

入江無手斎が否定した。

「獣の気配を感じられる。それは、人でなくなるということよ」

「……………」

苦い顔をした入江無手斎に、聡四郎は黙った。

「それよりも、敵か、あれは」

「わかりかねまする」

気配はわかっても、顔までは判別していない。振り向くわけにはいかないのだ。なにもないところで、後ろにいる人の顔を見ては、尾行を気にしている、いや、気にしなければならない立場だと大声で叫ぶのも同じであった。

「そうか、ならば、敵と判断してよいな」

入江無手斎の雰囲気が冷たく変わった。

「いきなり斬りかかられるのは、ご自重《じちょう》ください」

聡四郎は手綱《たづな》を引き締めた。これだけ他人目のあるところで、見た目普通の者にいきなり襲いかかっては、大事になる。剣の師匠とはいえ、今、入江無手斎は聡四郎の家人同様の扱いを受けている。なにかあれば水城の家に傷が付いた。

「狂犬ではないぞ」

聡四郎の警告に、入江無手斎が鼻白んだ。

「安心せい、あやつが動かぬかぎり、儂から仕掛けることはない」

入江無手斎が宣した。

「気づいたな」

二人の後をつけていた男が呟いた。聡四郎が背後を気にしたほんの少しの動きを見抜いていた。

「さすがだな。熊さえ気づかぬ吾の隠形《おんぎょう》を見抜くとは」

男が感心した。

「これならば、不意を打たれはすまい。警固は不要だな」

すっと男が道を外れ、路地へと曲がった。

「……」

もう一人もさりげなく距離を空けていった。

「敵ではなかったようじゃの」

すぐに入江無手斎が気づいた。

「よろしゅうございました」

ほっと聡四郎が息を吐いた。

「かかって来てくれればよかったものを」

「なにを」

「敵か味方かわからぬ者など、ややこしいだけだ。敵なら排除することだけを考えればいい。そうであろう」

「たしかにさようではございますが……」

聡四郎は口ごもった。

「敵へ情けをかけるつもりではなかろうな」

「毛頭ございませぬ。敵を見逃せば、次の襲撃が起こりかねませぬ。ことは一度で終わらさねばなりますまい」

あわてて聡四郎は首を振った。

「わかっていて、なぜ伊賀の女を救った」

入江無手斎の声音が重くなった。

「……」

「どうした。理由を言えぬのか。なかなかに美しい女であったな。命を助けて、恩でも売る気か」

黙った聡四郎に、入江無手斎がさらなる追及をした。

「冗談でもご勘弁いただきたい」

聡四郎は抗議した。

「ふん。奥方が怖くて浮気はできぬな」

入江無手斎が笑った。

「……」

言い返さず、聡四郎は嘆息した。

「敵ではなかったのだろう」

答えなかった聡四郎の代わりに、入江無手斎が言った。

「よくぞ、おわかりに」

「六歳のときから教えているのだ。それくらい気づかぬでどうする」

感嘆した聡四郎に、入江無手斎が返した。

「殺された者の復讐が掟など正しいものではございませぬ」

聡四郎は口にした。

「武家の仇討ちもそうではないか」

入江無手斎が言った。

「違いましょう。仇討ちは義務ではございませぬ」

大きく聡四郎は首を左右に振った。

「おかしなことを言う。武家は仇討ちをすまさぬと家督相続ができぬ決まり」

矛盾を入江無手斎がついた。

「たしかに仇を討たねば、家督相続は許されませぬ。ただ、仇討ちには成立するための条件がございまする。ただ殺されただけでは、仇討ちは認められませぬ」

聡四郎は説明を始めた。

「理不尽な行動により命を奪われたときのみ、仇討ちは認められまする。こちらから斬りかかって返り討ちにあったなどは、仇討ちの対象にはなりませぬ」

武家の仇討ちには厳格な決まりがあった。まず、殺された者が尊属《そんぞく》でなければならなかった。つまり、親や兄、叔父などの仇討ちは認められるが、逆縁《ぎゃくえん》となる子や孫、甥などの仇討ちは許されなかった。その上で仇討ちの願いを出し、許可を求めるのである。

「また、仇討ちの仇討ちは厳禁とされておりまする。これは、永遠に仇討ちを繰り返すことを避けるための決まり」

親を殺された子が仇を討った。では、仇として殺された者の子が、同じように相手を狙えば、先のない戦いの輪廻《りんね》が始まってしまう。

「これらから見ても、伊賀の掟が仇討ちでないことはあきらかでございましょう。なにせ、どのような経緯を取ろうとも、伊賀者を殺せば、相手を討ち取るまで狙い続けるなど、異常でございまする」

「ふん」

聡四郎の言葉を、入江無手斎が鼻先であしらった。

「ずいぶんとつごうのよい決まりよな。身内を殺された恨みは、変わらぬだろうに。とくに親を殺されたときは仇討ちしていいが、子の場合はならぬなど話にならぬであろう。人の情として、子を殺された親の無念ほど深いものはない」

「それは……」

入江無手斎の指摘に、聡四郎は詰まった。

「子は、未来《さき》じゃ。己の死後もあり続けてくれる。男にとって、子とは己がこの世にいた証、いや、この世でなしてきたことを受け継いでくれるもの。子に先立たれてしまえば、もう先はない。その無念さを逆縁という一言で終わらせられるのか」

「……」

「儂に子はおらぬ。前にも言ったが、儂は妻を娶らず、剣に生涯を捧《ささ》げた。これを後悔はしておらぬ。血を分けた子をもうけることはできなかったが、剣統という流れを継いでくれる弟子を作った。そうだ、聡四郎や玄馬は吾が子である。もし、おぬしたちに万一があれば、儂は残された日々すべてを費やして、仇を討つ」

「師……」

聡四郎はなんと応えていいか、わからなくなった。

「仇討ちでないからと、伊賀の掟を非難するのは止めよ。大切な人が殺されたとなれば、その理由などかかわりなく、相手を憎む。それが人である」

「では、袖を殺したほうがよかったと仰せられますか」

入江無手斎に聡四郎は問うた。

「いいや」

はっきりと入江無手斎が首を振った。

「よくぞ、返り討ちにしなかった。褒めてやろう」

「話がよくわかりませぬ」

聡四郎は入江無手斎がなにを言いたいのか、理解できなかった。

「上から見おろすなと言っている」

入江無手斎が述べた。

「……上から」

「伊賀の頑迷《がんめい》な掟から、救ってやったと思っておるのだ、そなたは」

「そのような……」

断言されて聡四郎は反論しようとした。

「違うと」

厳しく入江無手斎が指弾した。

「哀れな女忍だと考えているなら、それは無礼でしかない」

「……」

「一度でも話したか、袖と」

「……いいえ」

力なく聡四郎は首を振った。

「聡四郎よ、修羅場《しゅらば》から連れ出しただけでことがすんだと思うなよ。一人の女を救いたいならば、その後も考えろ。ゆっくり一晩考えて決断せよ」

「処断も含めて」

「ああ。今の紬は中途半端すぎる。一生懸命憎しみを維持しようとしている。と同時に命を救われた恩も感じているようだ」

「迷っている……」

「おまえと同じだ。いや、紬のほうがより深刻だ。なにせ、救った本人がその意図を明らかにしていない。殺しに来て、見逃されるどころか、手当てを受け、庇護《ひご》まですれている。なぜなのか、気になろう。とくに紬は美しい女だ。女には、女にしかない不安がある」

「わたくしが手を出すとでも」

「儂や玄馬は思っておらぬわ。そなたのことをよく知っているからな。だが、女は違うぞ」

「女は……紅も疑っていると」

聡四郎は入江無手斎の言葉の裏を読みとって、驚愕した。紅はなにかあっても信用してくれると思いこんでいた。

「紅どのも女なのだ。それを忘れるな」

「忘れたことはございませぬ」

「師匠の前でのろけるな」

入江無手斎があきれた。

「話をしろ。二人と。まずは、袖だ。あやつは危ういところで揺れている。下手に振り切れる前に、支えてやれ。いや、支えるではないな。落ち着かせてやれ。支えるのはおぬしではなく、玄馬でもできるからな」

「はい」

聡四郎は首肯した。

「ところで、いつまでついてくる気だ」

入江無手斎が足を止めて、振り返った。

すでに二人は本郷《ほんごう》御《お》弓町《ゆみちょう》へ曲がる加賀藩上屋敷の辻に着いていた。

「……気づいていたのか」

すっと影が揺らめくように現れた。

「神田明神《かんだみようじん》から出てきたな。その姿、食い詰め浪人だな」

かなり前から知っていたと入江無手斎が言った。

「無礼なことを言うな。食い詰めてなどおらぬよ。今朝も吉原《よしわら》で妓《おんな》とともに湯漬けを食してきた。袖を嗅《か》いでみろ、おしろいの匂いがするぞ」

浪人者が袖を振ってみせた。

「血の臭いしかせぬぞ」

入江無手斎が、聡四郎をかばうように前へ出た。

「師……」

「黙って下がっておれ。こういうときのために、儂は雇われている」

拒もうとする聡四郎を、入江無手斎が叱った。

「誰に頼まれた」

「知らぬ。おいらは依頼主のことをいっさい訊かないのでな。事情など仕事になんのかかわりもなかろう。金を受け取って、依頼主にとって邪魔なやつを斬る。ただそれだけ」

「………」

太刀を抜いた浪人が間合いを詰めてきた。

無言で入江無手斎も前に出た。

「くたばれ、爺《じじい》」

間合いに入った瞬間、浪人者が入江無手斎の首筋を狙った。

「……ふん」

腰をかがめて、入江無手斎がかわした。入江無手斎と浪人の位置が逆転した。

「馬鹿め、獲物から離れおったわ」

嘲笑を浮かべて、浪人が聡四郎へと足を踏み出した。

「……えっ」

左足に続いて、右足を出そうとした浪人が転んだ。

「痛い。なんだ、どうした」

苦痛にゆがむ顔で、浪人が周囲を見た。

「足を忘れているぞ」

振り向いた入江無手斎が、血塗《ちぬ》れた脇差で路上を指した。

「……足……ぎゃああ」

言われて左足を見た浪人が悲鳴をあげた。浪人の左足は腿《もも》の中央あたりで断ち斬られていた。すれ違いざまに、入江無手斎が抜き撃ったのであった。

「そのていどの腕で、よく今まで刺客などできたな」

脇差を拭いながら、入江無手斎があきれた。

「た、助けてくれ」

浪人が手を伸ばした。

「命の代価は命でなければなるまい。何人殺してきたかは知らぬが、今度はおぬしが支払う番じゃ」

「ああ……」

冷たく拒まれた浪人が泣き声を出した。

「守るための剣と殺すための剣では、因果《いんが》が違う。地獄へ堕《お》ちるがいい。そなたが殺した亡者《もうじゃ》たちが待っているだろう」

入江無手斎が言い捨てた。

「行こうか」

「……はい」

鮮やかな入江無手斎の手腕に、聡四郎は見とれていた。

「やはり左手だけではだめだな」

「お見事でございました」

「いいや。従来なら、上段から一刀両断にしていた。片手だけでは、頭の骨を割れぬ」

入江無手斎が首を左右に振った。

「……………」

聡四郎はいたわしい目で師匠を見るしかできなかった。

「守る剣か。偉そうなことを言ったが、あやつにもし子がいれば、やはり儂を仇と思うだろうよ。守るだとか、返り討ちだったとか、そのようなもので納得できるものではない。人の心はな」

「……考えてみまする」

しみじみとした入江無手斎の声に、聡四郎はそれ以上の言葉をもっていなかった。

第四章　野点《のだて》の争い

一

野点の日は、見事な晴天となった。

開始は昼餉を過ぎてからだが、準備は日が昇る前から始まる。

「この場所は天英院さまがお使いになる。さっさと明け渡せ」

横柄な態度で天英院付きの女中が命じた。

「なにを言われるか。ここはすでに我らが押さえておりまする」

月光院付きの女中が拒んだ。

「格を考えよ。天英院さまは、御台所であるぞ」

天英院付きの女中が強く言った。

「それを言うならば、月光院さまは将軍ご生母」

「腹は借りものじゃ。お血筋は上様のお胤《たね》があればこそ、たかが側室の分際で誇らしげな顔をするな」

「上様のお血筋を残せなかったのは、どなたじゃ」

言われた月光院付きの女中が反した。

「なんだと」

さっと天英院付きの女中の顔色が変わった。

天英院と六代将軍家宣の夫婦仲は、大名には珍しくよかった。天英院は家宣がまだ甲府藩主であったころ、一男一女を産んでいた。だが、二人とも夭折《ようせつ》、それ以降子供を授かることはなかった。

「無礼な口を……」

天英院付きの女中が、月光院付きの女中を平手打ちした。

「きゃっ。なにをする」

小さく悲鳴をあげた女中だったが、すぐに反撃に出た。

叩かれて泣いているようでは、大奥で生きてはいけない。たちまち裾を乱しての喧嘩となった。

「さわがしい、なにをしている」

「落ち着かぬか」

騒ぎを聞きつけた姉小路と松島がやってきた。

「こやつが……」

「この女めが……」

争っていた二人が、各々の上役へ事情を告げた。

「……」

姉小路と松島が顔を見合わせた。

「本日の野点は、天英院さまが催される。ここは譲ってくれぬか」

「先例を作るが、よいのだな」

譲歩を求めた姉小路に、松島が言った。

「今後、なにかを催したほうが、もっともよい場所を使う。それを決まりとするならば、譲ろう」

「……ううむう」

姉小路がうなった。

大奥の行事は多い。正月の歌会始めから、二月の節分、三月の節句、花見と続く。

季節の花を愛でるだけでも、梅、桃、桜、菖蒲《しょうぶ》、萩《はぎ》、紅葉《もみじ》、薄《すすき》などがあり、そこに月見や雪見やらが加わる。基本は、それぞれの局でおこなうが、花見や月見などの大きな行事は、大奥全体として開催されることもある。いつどちらがやるかは、決まっていない。原則早い者勝ちであった。かといって、花見や月見など、ちょうどよい日が毎年ずれるものなどは、早くから予定を決めてしまうと、ずれる場合もある。とくに花見など、気温によって平気で数日はずれるのだ。先を争って、早めにとはいかなかった。

「場所取りは、先のもの。それでよいではないか」

松島が述べた。

「……わかった。引こう」

姉小路が折れた。

「……それでは」

争っていた天英院付きの女中が顔色を変えた。

「お方さまのご機嫌が……」

月光院の後塵《こうじん》を拝することをなにより嫌う天英院である。女中が焦ったのも当然であった。

「今日は野点じゃ。花見や月見というなら場所が命だが、茶会は別じゃ。今日は多少肌寒い。泉水に近いここより、日差しのよく当たる築山《つきやま》近くがよろしかろう」

「は、はい。さようでございまする」

女中が喜んで駆けていった。

「ではの」

余裕を見せた姉小路が手を振った。

「野点ていどなら、万全か」

離れて行きかけた姉小路の背中に、松島が嫌みをぶつけた。

「お方さまも妾も京の出であるからな。茶会など、日常茶飯事であったわ。大奥に来るまで、茶会どころか、白湯《さゆ》しか飲んだことのない者とは違う」

嘲笑を姉小路が返した。

「それは結構だ。京仕込みの茶というのを拝見しよう」

平然としている姉小路へ松島が応じた。

「……………」

姉小路の姿が消えたところで、松島が吐き捨てた。

「菓子のない茶会が、本場のものだというならな」

「松島さま。そろそろ、わたくしどもは七つ口へ」

配下の女中たちが菓子の受け取りに行くと言った。

「うむ。ここには四人ほど残れ。誰もいなくなっては、どのような嫌がらせを仕掛けられるかわからぬ」

松島が警戒を指示した。

「承知いたしておりまする」

喧嘩をしていた女中が首肯した。

「なにより水と炭に気をつけよ。水になにか混ぜられては大事じゃ。炭も濡らされぬように見張っておけ」

「お任せくださいませ。あちらの女中など近づけませぬ」

叩かれたことで赤くなった頰をさらに紅潮させて女中が胸を張った。

「妾はお方さまのご用意をお手伝いしてくる。任せたぞ」

松島が去っていった。

天英院や月光院に比べて、女中の数が足りない竹姫の局では、場所取りに参加したくてもできなかった。場所取りに二人出せば、それこそ竹姫の着替えさえできなくなるのだ。

物心つくかつかぬかで大奥へ送られ、将軍の養女として育てられた竹姫である。身の回りのことなど何一つできない。用便の後始末でさえ女中任せという主を数人で支えるのは無理ではないが、余剰はない。

「わたくし一人でも参りましょうや」

鈴音が鹿野に問うた。

もともと京の一条《いちじょう》家から、竹姫御台所を実現させるために送りこまれた鈴音である。出も公家と、茶会には詳しい。吉宗の機嫌を損ねて中臈から身分を落とされたため、鹿野へ伺いを立てているが、本来ならば野点の差配は鈴音の仕事であった。

「あわてなくとも、大奥の庭は広い。さすがに昼餉を過ぎてからでは設営が間に合わぬだろうが、昼前くらいでよい」

鹿野が首を左右に振った。

「そのようなことでは、ろくな場所が残りませぬ。下が濡れているようなところや、土地の起伏があり、痛くて座れないような場所では困りまする」

鈴音が鹿野へ詰め寄った。

「かまわぬ」

二人の会話を聞いていた竹姫が言った。

「妾は数合わせのようなものじゃ。天英院さまも月光院どのも、お互いの相手で忙しく、妾のもとには嫌みを言いにくるくらいで。妾はのんびりと茶を喫することができよう」

竹姫が述べた。

「姫さま」

「おいたわしい」

鹿野と鈴音が泣きそうな声を出した。

「哀れんでくれるな。そのほうがつごうよいであろう。いかに上様がお気遣いをくだされようとも、大奥は難しい。妾が目立てば、かならず天英院さまと月光院どのが潰しにこられる。とはいえ、今は対抗できぬ。数が違いすぎるからの」

竹姫が手を振った。

「侮られているべきだと」

「そうじゃ。今はまだ上様のご用意が整っておられない。なにより、妾の準備もな。妾は未だ月のものを知らぬ」

鹿野の確認に竹姫がうなずいた。

「女となり、上様を受け入れる準備ができたとき……妾は表に立つ」

「はい」

「ご覚悟承りましてございまする」

竹姫の言葉に、二人が頭を垂れた。

「しかし、水城は遅うございますな」

「気にせずともよい」

不安そうな鹿野に竹姫が手を振った。

「ですが、まだ茶に使う菓子が届いておりませぬ」

鹿野が困った顔をした。

「上様であろう」

「なんと仰せられました」

言った竹姫に、鹿野が目を剝いた。

「紅さまの夫が、菓子を忘れるなどありえるはずもなかろう。なにより、そのていどの者に、上様が妾を預けられるはずはない」

幼い竹姫が、女としての誇りを見せた。

「では、上様がわざと菓子を遅らせておられると」

「と妾は信じておる」

竹姫が告げた。

「さあ、それよりも朝餉を頼む。妾は空腹である」

「ただちに」

鹿野が急いだ。

二

七つ口は大奥の出入り口であった。玄関を使えない下級の女中、食材や衣服などの日用品などは、すべて七つ口を通らなければ、大奥へ出入りできなかった。

「桔梗屋でございまする。月光院さまご注文の品をお届けに参りました」

大奥の注文は主自らが届ける。桔梗屋が奉公人を引き連れて、七つ口へ来た。

「聞いておる。中身をあらためるぞ」

当番の御広敷番が、桔梗屋の差し出した木箱の蓋に手をかけた。

「中身は菓子でございまする。手荒に扱われますと、形が崩れてしまいますゆえ
……」

桔梗屋がそっと右手を出して、御広敷番の袖に金包みを落とした。

「菓子か。そういえば、本日野点があるそうじゃの」

金の重さを量《はか》るように、御広敷番が小さく袖を上下させた。

「そのためのものでございまする」

大きく桔梗屋がうなずいた。

「このていどの箱に、人は隠れられんな」

一つあたり一尺四方ほどの杉の白木でできた箱を、御広敷番が見た。

「中身はこれと同じもので。よろしければ、奥方さまに。番頭《ばんとう》」

桔梗屋の合図で、後ろに控えていた奉公人の一人が、手のひらにのるほどの小箱を差し出した。

「どれ……見事な細工じゃの」

箱のなかには紅葉をかたどった落雁《らくがん》と餅菓子が入っていた。

「あとこれは皆さまで」

もう一つの箱を桔梗屋が差し出した。

「すまぬな。おい、気をつけて扱え」

「はっ」

指示された御広敷伊賀者は、木箱の蓋を開けもせずなかを確認せずに閉じた。

「異常ございませぬ」

「うむ。桔梗屋、よろしかろう」

「かたじけのうございまする」

御広敷番の言葉に、桔梗屋が礼を述べた。

「月光院さま付きのお女中衆」

大声で御広敷番が呼んだ。

「これに」

七つ口に六人もの女中が現れた。

「な、なんだ」

多すぎる数に、御広敷番が驚いた。

「これは山吹《やまぶき》さま。いつもありがとうございまする」

先頭に立っている女中に、桔梗屋が深々と腰を折った。

「ご苦労である。菓子を受け取ろう。おい、五菜《ごさい》」

山吹が顎で七つ口の端で正座している小者《こもの》へ合図した。

五菜は、大奥へ出入りを許されている下働きの男である。それぞれ属している局から手当を与えられてはいるが世襲ではなく、株で売り買いされた。

「承りました」

「注意せよ。一つずつ運べ。揺らすな」

山吹が強い口調で注意した。

「心得ておりまする」

桔梗屋から木箱を受け取って七つ口をこえ、女中に渡しては戻り、ふたたび箱を受け取ってと、五菜が五度繰り返した。

雑用をなすため大奥への出入りを許されているとはいえ、女中に直接触れることは厳禁である。五菜は、隔たり代わりの滑りやすい絹の薄布を手にかけた女中へ箱を渡さねばならず、緊張で汗まみれになった。

「ご苦労であった。代金はいつものようにな」

五つの箱を二人に持たせ、残りで周囲を囲むようにした山吹が桔梗屋をねぎらった。

「はい。ご用命いただき感謝しておりましたと、松島さまにお伝えくださいませ」

ていねいに桔梗屋が頭をさげた。

「参るぞ」

無言でうなずき、桔梗屋への返答に代えた山吹が、配下の女中たちに命じた。

「月光院さま御用でございまする。道をお空けいただきますよう」

先頭に立つ火《ひ》の番《ばん》女中が声を張りあげた。

火の番はその名のとおり、火の用心を主とするが、他にも不審者の警戒などを担当した。御家人の娘で武芸に心得のある者が選ばれ、目通りはできず身分としてはお末より少し上でしかなかった。

「……山吹さま」

火の番が足を止めた。

「どうした」

最後尾にいた山吹が前に出た。

「あれを」

廊下の先を火の番が指さした。

「……天英院さまの手か」

十間（約十八メートル）ほど先に、女中が三人廊下をふさぐように立っていた。

「後ろに注意しておけ」

「いえ、わたくしが先手を」

出ようとした山吹を火の番が止めた。

「いや、そなたでは侮られよう」

山吹が首を左右に振った。

「……はい」

大奥は身分もうるさい。火の番では、相手にされないどころか、引かざるを得ない状況になりかねなかった。

「相手の意図はわかっている。妾が話をしている間、菓子を守れ。もし、無体《むたい》を仕掛けてきたならば、遠慮せずに排除せい。松島さまよりお許しが出ている」

「お任せを。武芸で後れは取りませぬ。中条《ちゅうじょう》流小太刀折り紙の腕見せつけてくれまする」

火の番が自信を見せた。

「頼りにしている」

そう言って山吹が歩《ほ》を進めた。

「月光院さま御用でござる。道をお空け願いたい」

三間（約五・四メートル）ほどまで近づいたところで、山吹が告げた。

「こちらも天英院さまの御用でござる。用がすむまでお待ちあれ」

廊下の真ん中に立っている女中が拒否した。

「天英院さまの御用……それにしては、なにもなさっておられぬようだが」

山吹が指摘した。

「なにもするなというのが、ご命でな」

鼻先で女中が笑った。

「それはけっこうな御用でござるな。さすがは天英院さまじゃ。お慈悲深いことよ。なんの能もない者にも用事をお与えくださる」

「なんだと」

「ぶ、無礼な」

嘲られた女中たちが怒った。

「なにを怒られておられるのかの。妾は天英院さまを賞賛させていただいたのだが」

「うっ……」

主を褒めたといわれれば、言い返しにくくなる。

「さて、そろそろ本題に入ろうではないか。通せ」

口調を変えて山吹が要求した。

「通さぬ」

一言で女中が拒んだ。

「そうか」

山吹が振り返った。

「七つ口まで戻る」

「そうじゃ。それがよい。あと二刻（約四時間）ほどすれば、我らも局へ帰るでな」

女中が勝ち誇った。

「御広敷用人へ苦情申し立てをいたす」

「な、なにっ」

宣した山吹に、女中の顔色が変わった。

御広敷用人は大奥を差配する。御広敷用人を通じなければ、天英院といえども、金やものを手にすることはできなかった。

「そのとき、天英院さまがおぬしたちをかばってくだされればよいがの」

今度は山吹が勝者の顔をした。

「させぬ。行くぞ」

女中が山吹に向かってかかった。

「愚か者が。こちらの人数が多い理由に気づかぬとはな。そちらの仕掛けなどとうに読んでいたのだ。ゆえに、運ぶだけではなく、守りの人数まで手配した。皆、火の番のなかでも手練《てだ》ればかり。ついでに、妾も火の番の出だ」

体当たりしようとしてきた女中をいなしながら、山吹が嘲った。

「こちらも火の番よ。くらえ」

女中が山吹の手を摑んで引き寄せようとした。

「柔《やわら》か」

山吹が腰を落として抵抗しようとした。そこへ左右の二人が足をかけた。

「しまった」

突出しすぎていた山吹は、三人にかかられて、あえなく転倒した。

「ふん、油断だな。数で勝ったことで気を緩めた」

転んだ山吹の腹へ、女中が踵をたたきこんだ。

「残るは無手の二人だ。育《いく》、右をやれ。左は吾が片づける。種《たね》、その間に菓子箱を落とせ」

「おう」

「承知した」

裾を蹴散らして三人が走った。

「山吹どの」

心配の声をあげながらも、火の番が前に出た。

「よいな」

「おう」

もう一人の火の番と顔を見合わせ、袖から木刀を取り出す。

「読んでいたと山吹どのが言われたであろうが。準備を怠るとでも思ったか」

火の番が迎え撃った。

袖に隠せるほどの大きさとはいえ、素手とは大きく違う。

「ちっ」

天英院方の女中が舌打ちした。

「押しきれ。菓子箱を揺らせば勝ちだ」

「わかった」

「任せい」

二人の女中が突っこんだ。

「えいっ」

火の番が木刀を振った。小太刀折り紙の腕はたしかで、空《くう》を切るすさまじい音とともに木刀が振り抜かれ、天英院の女中の肩を打った。

「ぎゃっ……なんの」

苦鳴を漏らしながらも、女中が火の番に抱きついた。

「……こやつ。離せ」

近づきすぎると木刀は使いにくい。なんとか火の番が振りほどこうとしたが、女中がしっかりと張り付いて、ままならなかった。

「やあぁ」

もう一人の火の番に育が襲いかかった。

「……」

火の番が無言で木刀を突き出した。

「もらった」

育が木刀を摑んだ。

「なにをする」

得物《えもの》を押さえられた火の番があわてた。

「離さぬわ」

足をからめて育が火の番の動きを止めた。

「今じゃ、種。菓子箱を」

「おう」

育に言われて、種が菓子箱を捧げているお末へ向かった。

「……喰らえ」

お末が手にしていた菓子箱を種の顔めがけてぶつけた。

「わ、わああ」

守るべき菓子箱を武器に使われた種は、予想外の攻撃を避けられなかった。まともに顔面を打たれ、種が崩れた。

「ぬん」

お末が仰向《あおむ》けになった種の胸を蹴った。

「げふっ……」

肋骨が折れたのか、口から血を噴いて種が気を失った。

「……ば、馬鹿な。菓子を捨てたなど」

廊下に散乱した見事な菓子に、火の番を押さえていた女中が絶句した。

「寝ていよ」

火の番が呆然とした女中の拘束をはずし、木刀で首を打った。

「かはっ」

首を強打されて女中が崩れた。

「ど、どうなっている」

もう一人の火の番と木刀の奪い合いをしていた育が戸惑った。

「だから言ったであろう。そちらが襲うことはわかっていたと。菓子はあと三箱ある。二箱は最初から捨てるつもりだったのだ」

ようやく起きあがった山吹が答えた。

「罠《わな》だったのか」

「……ではないが、策に……溺《おぼ》れたのはそちらだ。片づけよ」

咳《せ》きこみながら山吹が命じた。

「………」

種を排除したお末が、無言で育の後ろから襲いかかり首を絞めて落とした。

「まずは、こやつらを七つ口へ運ぶ。御広敷番に突き出すぞ。月光院さまの菓子を奪いに来たとしてな。証拠の菓子もある。天英院さままでは届かぬだろうが、少なくともこの三人は、大奥から放逐されるだろう。そのぶん、我ら月光院さまの力が増える」

息を落ち着かせた山吹が指示した。

山吹から始末の報告を受けた松島は、喜々《きき》として天英院の局を訪れた。

「何用じゃ。忙しいのだ。用がなければ帰れ」

姉小路が松島を追い返そうとした。

「であろうな。ところで菓子の手配はできたのかの。我らの菓子は、先ほど届いたぞ……無事にな」

最後の一言に力を入れて、松島が告げた。

「………」

意味を悟った姉小路が沈黙した。

吉宗に対抗するため手を組んだとはいえ、二つの首が並び立たぬように、天英院と月光院の局の仲は悪い。吉宗の関わり合いにならないところでは、互いに相手の足を引っ張ることばかり考えている。

「用件はそれだけか。菓子ならば、当方も用意できている。ではな」

姉小路が手を振った。

「用意できたか、それは重畳。あとで馳走《ちそう》になるとしよう。茶に詳しい天英院さまがご用意の菓子、さぞかし名のある菓子司の手によるものであろうな。楽しみじゃ」

嫌みな笑いを松島が浮かべた。

「そうそう。もう一つ報せておかねばなるまい」

「なんじゃ」

なんともいえない目つきをした松島に、姉小路が問うた。

「先ほど、七つ口に暴れ者が突き出されたそうだ」

「暴れ者が突き出されただと」

姉小路が驚愕した。

「うむ。三人の女中が、他の女中に襲いかかったそうでな。幸い、捕縛に成功し、御広敷番に引き渡された」

「……急ぐ用ができた」

松島の話に、姉小路があわてて局を出ようとした。

「行っても無駄ぞ。暴れ者で怪我人が出てな。御広敷医師の見立てでは、肋の骨にひびが入っているらしい。さすがに怪我人まで出ては、そのままにも捨て置けまい。

御広敷番頭が徒目付を呼んだとのことじゃ」

「……つっ」

姉小路が唇を噛んだ。

「どこの局の者かは知らぬが、大変じゃの。局の主へ波及せぬようにいたさねばならぬでな。今の上様は厳しいお方じゃ。ことを聞かれたら、どのような裁定をなさるやら」

口の端をゆがめたまま、松島が述べた。

「では、わたくしはこれで。姉小路どのよ、あまり慣れぬまねはお止めになることだ。あっさりと策を読まれてはのう。京の出のお方は、頭《おつむ》の使いかたをご存じないと見える」

「………」

松島の嘲弄に、姉小路は反論できなかった。

「のちほど、野点の席での」

言うだけいって松島は帰った。

「おのれえ……」

姉小路が歯がみをして悔しがった。

「……やむを得ぬ。忠義に厚い者たちであったが、お方さまをお守りするにはいたしかたなし。右筆《ゆうひつ》」

「これに」

呼ばれた右筆が筆を手にした。

「育、種、蓮《はす》の三名を局より放逐したとの書付《かきつけ》を昨日の日付で書き、表使《おもてづかい》に出せ」

表使は大奥と御広敷の交渉を一手に引き受ける。身分は中臈よりも低いが、年寄役の懐刀《ふところがたな》として、大きな権を持っていた。

「過去の日付では、受け取りを拒まれまするが」

右筆が懸念を口にした。当たり前である。なにか不都合があってから、それを糊塗《こと》するような書付を出されては、規律など保てなくなる。

「多少の金は遣ってかまわぬ」

「ことがことだけに、かなりかかるかと」

松島との会話を右筆は聞いていた。

「十両ではいかぬか」

「難しゅうございましょう」

右筆という仕事は、表使とのかかわりが深い。右筆が首を左右に振った。

「いくらだ」

「まず五十金は要りましょう」

「五十金だと……」

天英院付きの上臈の手当は、年に切米《きりまい》四十石五人扶持、合力金《ごうりき》六十両である。ほかにも薪《まき》や炭なども支給されるが、おおむね金に直すと一年で百両ほどになる。その半年分という金額に姉小路が目を剝いた。

「いえ、それではすみますまい。今回の事情をすでに表使どのはご存じでございましょう。となれば、足下《あしもと》を見てくるのは必定《ひつじょう》」

「天英院さまのお名前で……」

「それはお避けになるべきでございましょう。天英院さまがご指示なされたと取られては、大事になりまする」

主の名前を使って値切ろうとした姉小路を右筆が止めた。

「……うむう。吉宗の締め付けで、局には金がない。今、五十金遣ってしまえば、冬の衣装を仕立てられぬ」

姉小路が難しい顔をした。

「急ぎませぬと徒目付から御広敷用人を通じて照会が来ましょう。それまでに表使を丸めこんでおきませんと」

「……わかった」

苦い顔で姉小路が認めた。

「では、ただちに」

右筆が筆を走らせた。

三

早めの昼餉を終えた竹姫たちは、大奥の庭へと出た。

「少し冷えまする。姫さまに被衣《かつぎ》を」

鹿野がいたわった。

「ありがとう」

すなおに竹姫が羽織った。

「どこもかしこも、すでに取られておりまする」

庭を見渡した鈴音が嘆息した。

「あの泉水近くの幕は、蔦《つた》の蔓《つる》が伸びている柄が染め抜かれておりますゆえ、月光院さまのものでございましょう。天英院さまの朱牡丹《しゅぼたん》は……あった。築山の向こう側にそれらしき幕が」

中臈以上の女中は己の目印となる色と印を決める。天英院も月光院も実家の紋を工夫したものを使用していた。

「では、そのお二人から等しく離れているあの松の根本にいたそう」

竹姫が指さした。

松の近くは地を這《は》う根ででこぼこしているため、そのままでは座りにくい。

「畳を二枚重ねよ。隙間には板をかませ」

鈴音が野点の用意を指揮した。

「幕は松の枝にくくりつけて……」

竹姫はその名前から、合い印として竹を使っていた。

半刻（約一時間）ほどで、野点の準備は整い、炉が松籟《しょうらい》の音を奏《かな》で始めた。

「菓子は来なかった」

さすがの鈴音も顔色を変えた。

「水城め、顔さえ出さぬとは」

温厚な鹿野も表情を険しくした。

「ここまで来れば、もう流れに任せるしかない」

竹姫が二人をたしなめた。

「ですが、菓子がなければ野点の亭主として姫さまの見識が……」

京の公家の娘であった鈴音が、食い下がった。

「別に命を取られるわけではないでしょう。妾が天英院さま、月光院どののお二人から侮られるだけ」

「それが問題だと申しあげておりまする」

鹿野も口を出した。

「のう、鹿野、鈴音」

ほんの少しだけ竹姫の声に不快がのった。

「……」

「姫さま」

気づいた二人が緊張した。

「上様を疑っているとわかって申しておるのだろうな」

「……それは」

「そ、そのような」

二人が顔色を変えた。

「水城を妾につけて下さったのは上様である。そして水城が菓子一つ手配できぬわけはなかろう。水城を非難するは、上様にするも同じ」

竹姫の機嫌が悪くなった。

「申しわけございませぬ」

「お詫びを申しあげまする」

鹿野と鈴音が頭を垂れた。

「わかったならばよい。少し冷えた。鹿野、茶を点《た》ててくりゃれ」

表情を和らげた竹姫が、小さく震えた。

「はい」

急いで鹿野が野点道具のなかから茶碗を取り出した。

野点は、天英院が月光院の席を訪れることで始まった。

一応身分の上下がないとされる野点の礼である。招待したほうが、客に気を遣う。茶の精神の一つであり、作法であった。

「ようこそ、お出で下された」

にこやかに月光院が天英院を迎え、客の座を勧めた。

「参加してくれたことに礼をいう」

天英院は尊大《そんだい》に応じた。

「……早速に」

一瞬眉をひそめた月光院が、茶筅《ちゃせん》を動かした。

「どこで習ったのかの。珍しい手の動きよ」

手で口元を押さえながら、天英院が月光院の作法を笑った。

「文昭院《ぶんしょういん》さま、お手ずからご指導をいただきました」

「なっ」

月光院の返しに、天英院が詰まった。

文昭院とは六代将軍家宣の諡号《しごう》である。月光院は家宣から教えてもらったとおりにしていると述べたのであった。

「………」

これ以上作法で罵《ののし》ることはできなくなった。天英院は黙って茶を喫し、菓子を口にして立ちあがった。

作法で嘲笑できなかった不満が天英院をまちがわせた。招待した側の礼儀として、続いて竹姫の席を訪れなければならないのを忘れて、月光院を誘ってしまった。

「では、参るがよい」

「では」

月光院がわざわざそのことを教えるわけもない。月光院は天英院の後に続いた。

「お方さま。順番が……」

姉小路が小声で天英院の失敗を注意した。

「……竹姫は後回しでよかろう。このままでは腹の虫がおさまらぬ」

天英院が小さく頬をゆがめた。

「ですが、このままでは竹姫さまに不調法《ぶちょうほう》と笑われかねませぬ」

大奥で天英院ほど面目をたいせつにする者はいない。姉小路が懸念を表した。

「だが、今さらどうしようもなかろう。手順をまちがえたゆえ、少し待ってくれと月光院に頭を下げろというか」

「………」

月光院に謝るくらいなら死んだほうがましだと公言している天英院である。姉小路が黙った。

「……お方さま」

少しして姉小路がもう一度声をひそめた。

「まだ文句を言うのか。しつこい」

うっとうしそうに天英院が返事をした。

「月光院さまをおもてなしなされたあと、竹姫さまのもとへご一緒にお行きなさいませ」

「なぜ月光院などと同行せねばならぬ。月光院と一緒に行くなら、まだ牛を連れて行くほうがましじゃ」

姉小路の提案に、天英院が不満を露わにした。

「この状況を逆手に取れまする」

「どういうことぞ」

天英院が問うた。

「竹姫さまは、あまりお身体が丈夫ではございませぬ。それゆえ、お方さまは長く冷える野点の場に竹姫さまを置かれることを気遣い、一度でもてなしの茶会を終えられるように、月光院さまをお誘いした。こうなされば、天英院さまは作法はずれを承知していながら、お心配りをなされたとなりましょう」

「なるほどの。妾風情《めかけふぜい》と同行するは、本意《ほんい》ではないが、それなれば妾《わらわ》の矜持は保たれるの。よく申した。褒めてとらす」

策を認め、天英院が満足そうに同意した。

「座るがよい」

野点の席についた天英院が、月光院に指示した。

「………」

無言で月光院が腰を下ろした。

二人の間には、一期一会に代表される茶の精神はなかった。正室と側室、六代将軍家宣が生きていたころからの確執が、未だに二人のあいだを隔てていた。

「この菓子の愛想《あいそ》のなさは、どこの店でござろうか。桔梗屋でも土佐屋でもすはまやでも見たことさえないが」

差し出された菓子に月光院がけちをつけた。

京菓子を押さえられ、手に入れられなかった天英院はこの一言で赤面するはずであった。

「見たこともないか。無理もない。そなたでは口にすることもできまいな」

逆に天英院が月光院を嘲った。

「……えっ」

月光院が唖然とした。

「そなたは、知っているかの」

こらえきれない笑いを浮かべた天英院が月光院の供をしてきた松島に訊いた。

「羊羹でございまするな。天英院さまが誇られるほどの……まさか」

松島が息を呑んだ。

「なんじゃ、松島」

月光院が尋ねた。

「虎屋の羊羹じゃ」

答えたのは天英院であった。

「……虎屋の羊羹。京の」

聞かされて月光院が呆然とした。

「そうじゃ。妾は京の出ゆえ、江戸の水で練られた菓子は、どうしても潮くさくてな。京から江戸へ出店を出したものでは我慢できぬゆえ、人をやって京から取り寄せておるのよ」

天英院が誇らしげに述べた。

「松島……」

月光院が松島を睨んだ。

「……」

松島が面を伏せた。

「どうした。遠慮なく食すがよい。生涯ただ一度の機会であろう」

勝ったとばかりに、天英院が月光院を見下した。

「遠慮いたしまする」

月光院が菓子ののった皿を前へ押し出した。

「そなた、わかっているのだろうな」

さっと天英院が顔色を変えた。野点とはいえ、茶会である。その場で茶席の亭主から供されたものを拒む。戦国大名でさえ、茶会だけは争いをもちこまず、たがいに相手の出したものは口にしたのだ。月光院の行為は、あからさまに天英院を疑ったものであった。

「わかっておるわ」

月光院も遠慮を完全に捨てた。

「今朝方、妾《わらわ》の頼んだ菓子を台無しにしようとしたくせに」

「妾がしたという確かな証でもあるのか」

天英院が立ち向かった。

「お方さま」

「お平らに」

あわてて姉小路と松島が間に入った。

天英院と月光院がつかみ合いの喧嘩をしたなどと、表に聞こえては大奥の恥となる。それだけではなかった。虎視眈々《こしたんたん》と大奥の力を削ごうとしている吉宗がどのような挙に出るか。それこそ「仲が悪いならば、引き離せ。どちらかを大奥から出せ」と命じるやも知れないのだ。いや、それどころか、大奥の風紀を乱すとして、双方を城下にある御用屋敷へ放り出しかねなかった。

「あの無礼を我慢せいと申すか、姉小路」

「もう辛抱ならぬ。いつまで下風に立たねばならぬ。妾は将軍生母ぞ。七代将軍家継さまは、吾がこの腹からお生まれになられたのだ。義理とはいえ、今の上様は吾が孫になる」

天皇家と同様、将軍も直系による継承を形式としている。先代将軍の子供でなければ、将軍位を継げないのだ。兄弟や叔父甥ではだめなのだ。七代将軍家継と八代将軍吉宗に至っては、親戚というのも危ういくらい血が遠い。そこで、将軍の世継ぎは実子でないかぎり、養子とする慣例があった。そう、八代将軍吉宗は、親子ほど歳下の七代将軍家継の義理の息子になっている。となれば、吉宗は月光院の義理の孫にあたる。

天英院も月光院も相手を指さして激高《げっこう》していた。

「上様によい口実を与えることになりまする」

「表《おもて》が騒動を機に介入して来るやも知れませぬ」

二人の上臈が必死で宥《なだ》めた。

「……むうう」

「妾にも罰が来ると……」

天英院と月光院が一気に冷えた。

「お二方ともおわかりでございましょう。上様にとって大奥とは金を喰うだけの無駄な場所だと」

歯に衣着《きぬき》せず姉小路が言った。

「御用屋敷へ行けと命じられれば断れませぬ」

「妾は家宣どのの御台所ぞ」

天英院が反論した。

「こちらへ……」

月光院と引き離したほうがいいと考えた姉小路が天英院を築山の陰へ連れて行った。

「お方さま、本来御台所さまはご夫君さま亡き後は、落髪して菩提を弔うだけの毎日を送られるもの」

「妾はそうしておる。髪も下ろしたではないか」

肩よりも上で切りそろえられた髪に、天英院が触れた。

「それでは駄目なのでございまする。落髪してご夫君の冥福を祈る生活というのは、静かなものでなければなりませぬ」

姉小路が首を左右に振った。

「落髪するのは世俗との決別を表明するもの。つまり、僧籍に入ると同じなのでございまする。お方さま、尼僧が季節ごとに小袖を新調いたしましょうや、花見だ月見だと宴を催しましょうや」

「……」

天英院が黙った。

「おわかりでございましょうや。お方さまの今は、ただ見逃されているだけなのでございまする。外から見えぬ大奥だからこそ、許されておりまする」

「見逃しているならば、表がなにか申すことはあるまい」

目をそらすように横を向いた天英院がうそぶいた。

「裏返せば、なにかあれば手を出すとの意味でございまする」

「妾を大奥から出すと」

「それですめばよろしゅうございましょうが……」

姉小路が声をひそめた。

「どういう意味じゃ。まさか、妾の命を」

天英院の顔色が色を失った。

「やればやり返される。人の世の常でございましょう」

「妾は関白近衛基凞の娘で、家宣どのの正室……」

「……」

身分を口にして守りに入ろうとした天英院だったが、腹心の沈黙に言葉を失った。

「嘘であろう。冗談じゃな」

「上様にとって、天英院さまは邪魔なのでございまする」

否定しようと首を左右に振る天英院へ、はっきりと姉小路が断言した。

「……今更詫びるとはいかぬな」

「はい。上様が八代の座に就かれたときならばまだ何とかなりましたでしょうが……」

姉小路が否定した。

「どうすればよい。妾はまだ死にたくないぞ」

天英院が己の身体を両手で抱きしめた。

「……一つしかございますまい」

じっと姉小路が天英院を見つめた。

「右近将監どのか」

天英院が亡き夫の異母弟松平右近将監清武《きよたけ》の名前をあげた。

「はい。右近将監さまに将軍となっていただくしか、お方さまが大奥に残られる手はございませぬ」

姉小路が首肯した。

「……………」

「右近将監さまが将軍となれれば、お方さまは大奥の主に復帰されましょう。右近将監さまの正室さまでさえ、押しのけるだけの権を手にされまする。なにせ九代将軍の大恩人なのでございまする。それこそ、家光さまを三代将軍とした春日局さまに勝るとも劣らぬ功績」

「おう」

天英院の顔が紅潮しだした。

「そのためには、多少のことはご辛抱いただかねばなりませぬ」

「月光院のような小者相手に気を乱すなというのじゃな。わかった」

大きく天英院がうなずいた。

「畏れ入りまする」

説得に成功した姉小路がほっと息を吐いた。

同じころ、松島も主君月光院を慰留していた。

「ここでことを荒立てては、天英院さまと同罪となりましょう」

「かまうまい。あやつは上様が八代となられるのに反対した。対して妾は、最初から上様を推した。同罪となったところで、妾に傷はつかぬ」

吉宗を将軍にしたのはわたしだと月光院が胸を張った。

「お方さま……」

松島があきれた。

「なる前は手助けほどありがたいものはございませぬ」

「そうであろう」

月光院が鼻高々に誇った。

「しかし、いざその地位を手にした後、恩着せがましく言われることほど腹立たしいものもございませぬ」

「なんだと。上様は妾をうっとうしいと考えておられるのか」

松島の言いぶんに月光院が表情を変えた。

「はい。とくに男は、女の助けで功績を挙げたというのを隠したがりまする」

「そういうものか」

月光院が首をかしげた。

「さようでございまする。男だけではございませぬ。誰でも功を手にし、名を上げたとなれば、己一人の成果としたがるもの。上様とてそれは変わりませぬ。いえ、より強いと申しあげましょう。将軍は武家の統領。その統領が女の推薦でなれたなどと言われては、天下に武を張れませぬ」

ていねいに松島が語った。

「忘恩《ぼうおん》の徒《と》め」

月光院が吉宗を罵った。

「お方さま、上様はまだお方さまを邪魔にされてはおられませぬ」

急いで松島が止めた。

「どうすればいい」

「上様のご機嫌を取れとは申しませぬ。大奥へ来られぬのでは、どうしようもございませぬから」

松島の言うとおり、吉宗は大奥に紀州時代から抱えていた側室を入れていない。かといって大奥で気に入った女を見つけようともしていなかった。

女を使って将軍を思うがままにしてきた大奥にとって、吉宗はじつにやりにくい相手であった。

「手の打ちようがないではないか」

月光院が嘆息した。

「いえ。一つございまする」

「申せ」

「なにもなさらねばよろしいのでございまする」

訊かれた松島が答えた。

「……なにもせぬ……」

策に月光院が困惑した。

「なにもなさらなければ、勝手にあちらが動いてくださいましょう」

松島が小さく口の端をゆがめた。

「なるほど。天英院が上様を怒らせ、その地位を下げる。相対して妾が浮いていくというのだな」

月光院が手で膝を打った。

「ご明察でございまする」

松島が褒めた。

「わかった。今後は天英院がなにをしても流してみせよう」

任せろと月光院が述べた。

「そうしてくだされば、いずれ上様の辛抱が切れ、あちらが御用屋敷へと謹慎させられましょう。そうなれば御台所がいない今、大奥を取り仕切られるのは、お方さましかございませぬ」

おだてるように松島が告げた。

「いや、大人げないまねをした。許せ」

「こちらこそ、せっかくのご厚意を」

野点の席に戻った天英院と月光院が不自然なほほえみを浮かべながら、互いに口だけで詫びをかわした。

「釜の湯が冷めてしまったようでございまする。あらためて沸かしなおさねばなりませぬ」

わざとらしく、姉小路が茶釜を覗いた。

「それはいかぬの。急いで火をたてよ」

天英院が指示した。

「お方さま、月光院さまをお待たせするわけにも参りませぬ。いかがでございましょう。お二人で竹姫さまのもとをお訪ねになられましては」

姉小路が提案した。

「それは妙案じゃ」

大きく天英院が手を打った。

「いかがじゃ。竹姫どのは蒲柳《ほりゅう》の質《しつ》じゃ。妾とそなたが二人別々に参れば、それだけ手間とときを使い、身体への負担となろう。二人で行ってやれば、一度ですみ、すぐに席を片づけることもできように」

天英院がもっともらしい理由を語った。

「けっこうなこと。幼い子供に負担をかけるのは、大人のすべきまねではございませぬでな」

月光院も同意した。

「姉小路、竹はどこじゃ」

「あちらの松、はい。あの大きく枝の張っている木の根本に座を設けておられまする」

問われた姉小路が、指さした。

「泉水を一回りせねばならぬか。まあ、よい。参るぞ」

さっさと天英院が歩き出した。

「お方さま」

松島が月光院を促した。

「今は辛抱じゃな」

天英院の後ろに付き従うような形になったことを宥めようとした松島へ、月光院が応じた。

四

竹姫の用意を締めくくる菓子がようやく届いた。

「孝、戻りましてございまする」

菓子の重箱を提げた若いお末が、野点の席まで来て一礼した。

「……おお。孝か」

鹿野がみょうな間を空けてうなずいた。

「水城どのより話は聞いている。もう大事ないのか」

鈴音が委細承知と告げた。

「おかげさまをもちまして」

孝と名乗ったお末も応じた。

「これからもよろしくお願いいたしまする」

深川八幡宮で竹姫を殺そうとして聡四郎たちによって返り討ちにされた伊賀の女忍にどことなく雰囲気の似た女が、ほほえんだ。

「それは……」

孝の抱えている重箱を鹿野が見つめた。

「ご用人さまより、お預かりして参りました。野点の菓子だそうでございまする」

重箱を孝が置いた。

「間に合ったか」

鹿野がほっと安心の息を吐いた。

「姫さま、あらためさせていただいても」

「うむ」

鈴音の求めに、竹姫が許可を出した。

「拝見……」

蓋を開けて鈴音がなかを覗きこんだ。

竹姫が少し背伸びして、重箱のなかを見ようとした。

「中身はなんじゃ」

「団子でございまする」

箸を使って器用に鈴音が団子を取り出し、用意していた小皿へ置いた。

「どうぞ」

鈴音が団子を竹姫の前に置いた。

「見させてもらおう」

竹姫が皿を取りあげ、付けられていた楊枝《ようじ》で器用に団子を二つに割った。

「これは見事な豆じゃな。色も艶《つや》も申しぶんない。なかの団子に使われている米も真っ白じゃ」

満足そうに言って、竹姫が団子の半分を口に運んだ。

「……うむ、うむ」

食べている最中から竹姫の頬がほころんだ。

「甘い。これほど甘い団子は初めてじゃ」

竹姫が喜んだ。

「いただいてもよろしゅうございましょうか」

「食べよ。これだけあるのだ。皆が味見をしたところで、足りなくなることはなかろう」

訊いた鹿野に、竹姫が首肯した。

「では……これは」

「なんと。これほど甘いものは、京にもございますまい」

鹿野と鈴音も感心した。

「さすがは水城じゃ。さぞや名のある店のものであろう」

「はい。間に合わぬのではないかと、やきもきさせてくれましたが」

うれしそうな竹姫に、鹿野が安堵《あんど》を口にした。

「そなたたちは、局に戻ってからにいたせ。まだお客さまがお見えでないのに、茶会の菓子を末に食べさせていたとなれば、何を言われるかわからぬ」

鈴音がお末たちに告げた。

「鹿野さま」

孝と名乗ったお末が声を出した。

「どうした」

甘みの残る口を白湯で流していた鹿野が問うた。

「天英院さまがこちらにお見えのようでございまする」

泉水のほうを見ていた孝が報せた。

「わかった」

「お待ちくださいませ。後ろに月光院さまのお姿も」

立ち上がりかけた鹿野へ、孝が付け加えた。

「なんだと。お二人連れだってお見えか」

「のように見受けられまする」

念を押した鹿野に、孝が答えた。

「ご一緒だと」

竹姫も驚いていた。天英院と月光院の仲の悪さは、竹姫でも知っている。その二人が連れだって竹姫のところへ来る。

「なにか妾に苦情でもあるのかの」

竹姫が緊張した。

「上様とのお話を確かめに来られたのであろうか」

吉宗と竹姫の間で、すでに将来は誓い合っていた。時期を見て吉宗が、竹姫を正室として迎えると宣し、竹姫はそれに従い御台所となる。これは大奥にとって大事であった。御台所が大奥の主なのだ。もし、竹姫が吉宗の正室となれば、大奥に館《やかた》を設け、すべての女中たちの上に君臨する。先々代将軍の御台所、先代将軍の生母といえども、竹姫の下につかなければならなくなる。もちろん、幕府は朱子学を根本と置いている。天英院も月光院も目上としてそれなりの待遇はされるが、今までのように主人面《づら》してわがままに振る舞うことは許されなくなった。新しい女中の配属、食事の材料の質、与えられる手当金など、すべてにおいて、竹姫が優先されることになる。

「やも知れませぬ」

すっと鹿野の表情が引き締まった。

「受け答えは、すべてわたくしがいたしまする。竹姫さまはなにもご心配なさらず、いつものようになさって下さいませ」

言い残して、鹿野が天英院と月光院の出迎えに向かった。

「よくぞお見え下さいました」

松の木の枝の途切れるあたりで、鹿野が腰を曲げた。

「出迎え大儀《たいぎ》。馳走になりに参ったぞえ」

天英院が横柄に言った。

「相伴《しょうばん》いたすぞ」

月光院も同様であった。

「どうぞ。主もお待ちしておりました」

鹿野が先導した。

「ようこそお出で下さいました。拙《つたな》い作法でございまするが」

竹姫が座ったままで迎えた。

「忙しいゆえ、早速にもてなしてもらおう」

返礼もなしに、天英院が急かした。

「では、早速に。鈴音、菓子を」

茶を点てる準備をしながら、竹姫が合図した。

「はい」

敷物の片隅で控えていた鈴音が、重箱から団子を出した。天英院、月光院、姉小路、松島の四人の前へ順番に置いた。

「どうぞ」

すべて出し終わった鈴音が一礼し、もとの場所へと退いた。

「なんじゃこれは……。ただ餡《あん》を丸めただけのものか。芸のない」

小皿を手に取ろうとさえせず、天英院が菓子に文句をつけた。

「せめて形だけでも、紅葉に似せるなり、なにか白いものを共に出し、月に叢雲《むらくも》を装うなどすればよいものを」

月光院もけなした。

「どこの菓子匠のものじゃ」

天英院が問うた。

「……鹿野」

最初の予定どおり、竹姫は鹿野に振った。

「畏れながら、主に代わりまして」

「よい。店の名前など、誰に訊いても同じじゃ」

求めた鹿野に、天英院が許可した。

「用人に手配を任せましたゆえ、まだどこのものかは伺っておりませぬ」

鹿野が告げた。

「なんじゃと。どこの商品《もの》かわからぬと。用人に指定しなかったのか」

天英院があきれた。

「指定はいたしておりませぬ。どこでもよいゆえ、当代評判のものをと頼みましたゆえ」

「知らぬのであろう。どこにどのような店があるかを。無理もない。忘れられた姫じゃからの。菓子を購《あがな》うほどの余裕もないじゃろう」

鹿野の言いわけを天英院が鼻で笑った。

「妾が教えてやろう」

月光院が口を挟んだ。

「江戸で菓子といえば、第一が本町一丁目の桔梗屋じゃ。続いて同町の土佐屋、あるいは山下町《やましたちょう》のすはまや。この三つの品ならば、どこへ出しても恥を掻かずともすむ。もっとも、かなり高いだけでなく、客を選ぶ。なかなか買えまいがの」

親切そうに言いながら、そのじつ月光院も竹姫を嘲笑していた。

「このような下卑《げび》た団子をよくも妾に出したものよ。のう、姉小路」

「はい。お方さまが口になさるには、あまりに貧相」

同意を促した天英院に、姉小路が阿《おもね》った。

「吾が局ならば、末でももう少しましな菓子を食っておるわ」

「さようでございまする。お方さまのご慈悲で、末たちも桔梗屋とは申しませぬが、すはまやと同等のものをちょうだいできておりまする」

負けじと月光院が竹姫をいたぶり、松島が追従した。

「妾にこのようなものを出すとは、無礼であろう。犬にでも喰わせるがいい」

天英院が皿を押し返した。

「菓子がこれでは、茶もしれていよう。姉小路帰るぞ。まったく京の生まれとはいえ、江戸で育てば、こうなるか。いや、出自も妾の五摂家に比べれば、そなたの実家清閑寺は名家《めいけ》と数段格が落ちる。無理もないことであったな」

月光院にぶつけられなかったぶんも込めて、天英院が竹姫を侮った。

公家には格があった。その頂点が天英院の実家近衛家など五摂家であり、続いて久我《こが》や広幡《ひろはた》などの清華家《せいがけ》、中院《なかのいん》、三条西《さんじょうにし》などの大臣家《だいじんけ》となり、竹姫の出である清閑寺家はさらにその下の名家でしかなかった。

「いかに天英院さまとはいえ、あまりでございましょう」

鹿野が血相を変えて詰め寄った。

「控えよ。中臈風情がお方さまに苦情を申すなど、論外である」

姉小路が鹿野を叱りつけた。

「なにを言うか。主を……」

「もうよい。鹿野」

まだ言い募ろうとした鹿野を竹姫が止めた。

「よくはないいな」

割りこむように男の声がした。

「えっ……」

「まさか」

大奥で男の声とすれば、一人しかいない。天英院と月光院が目を剝いた。

「上様」

顔をあげた竹姫が、喜色《きしょく》を満面に浮かべた。

「茶を馳走してくれ」

天英院と月光院の前、竹姫と膝が当たるほど近い場所に、吉宗が座った。

「ひえっ」

「あう」

歴代の将軍でももっとも大きいとされる吉宗が、狭い野点の席の中央に腰を下ろしたのだ。天英院と月光院が余波で揺れた。

「不意のお見えはいかがなものでございましょう。上様ともあろうお方が、前触れもないというのは……」

松島が苦言を呈した。

「……」

吉宗は無視した。

「上様、本日は天英院さま主催の野点でございまする」

暗に呼んでいないのだから帰れと姉小路が述べた。

「……」

それも吉宗は相手をしなかった。

「どうぞ」

点てたお茶を竹姫が差し出した。

「いただこう」

一礼して吉宗が茶碗を受け取り、作法どおりに喫した。

「……なんと」

「おできになる」

大柄な吉宗が、背筋を伸ばして茶碗をあおるさまは、勇壮《ゆうそう》なながにも雅を失わない見事なものであった。天英院も月光院も目を見張った。

「菓子をくれ」

吉宗が手を出した。

「お待ちを」

天英院が止めた。

「竹の用意した菓子は、どこで作られたかわからぬもの。そのような怪しいものを口にされてはいけませぬ。今、わたくしの菓子をここに」

「いえ、わたくしの菓子をどうぞ。桔梗屋という京菓子の名店に誂《あつら》えさせたもので、味はもとより、作りも美しいものでございまする」

天英院と月光院が吉宗の機嫌を取ろうとした。

「どこで作られたかわからぬだと」

吉宗が、身体ごと向きを変え、天英院と月光院に正対した。

「鈴音と申したの。その重箱をこれへ」

「は、はい」

呼ばれた鈴音が重箱を捧げ持った。

「このあたりの団子を八つほど除《の》けてみよ」

重箱の中央を空けるよう、吉宗が言った。

「わかりましてございまする」

どれほどみょうな命令でも、将軍の口から出たものを聞き返したり、拒んだりはできない。黙々と鈴音が団子を取り出した。

「……はっ」

四つほど出したところで、鈴音が気づいた。

「まだだ」

窺い見る鈴音に、吉宗は続行を指示した。

「……終わりましてございまする」

鈴音が報告するなり、重箱を目よりも高く差し上げた。

「なにをしておる」

「どうしたのだ」

事情がわからない天英院と月光院が首をかしげた。

「そなた、鈴音から重箱を受け取れ」

最初に吉宗の来訪へ文句を付けた松島へ、吉宗が命じた。

「……はあ……これは」

怪訝《けげん》な顔で受け取り、なかを見た松島が絶句した。

「置け、そこへ」

吉宗が天英院と月光院の真ん中を指さした。

「…………」

なんとも言えない表情で主・月光院の顔を見ながら、松島が重箱を置いた。

「まったく……」

「なんだというのだ……」

置かれた重箱を覗きこんだ二人が、やはり言葉を失った。

「こ、これは」

「葵の御紋」

天英院と月光院が息を呑んだ。

「竹が野点をするというので、躬が菓子を用意してやったのじゃ。台所役人に作らせた団子じゃ。躬のために献上された小豆や糯米《もちごめ》、白砂糖を使っている。これが犬に喰わせるものだというか。城下の菓子店に劣ると申すか」

吉宗が怒鳴りつけた。

「近衛の姫も、本物を見抜けぬとわかったわ」

「……………」

馬鹿にされた天英院が真っ赤になった。

「一目でよいものとわからぬようでは、小袖などに金を遣う意味もないな。ぼろでも絹でも同じにしか見えぬであろうからの」

「……………」

月光院へも吉宗は文句を付けた。

「上様……」

震えながら姉小路が吉宗を見あげた。

「なんじゃ」

「お菓子を下しおかれただけでなく、ここまでおみ足をお運びになられた。ということは……」

姉小路が竹姫へ目を遣った。

「そなたの考えているとおりである」

吉宗がうなずいた。

「では、上様は竹姫さまを……」

「わかったならば、今後このようなまねは許さぬ」

最後の確認をしようとした姉小路を遮って、吉宗が叱責した。

「茶会で罰を言い渡すなど、千利休《せんのりきゅう》に切腹を命じた太閤秀吉でさえしなかったこと。この場は見逃す、そうそうに局へ戻り、おとなしくしておれ」

これ以上口を開かせず、吉宗が謹慎していろと命令した。

「……」

誰一人なにも言わず、四人の女たちが去っていった。

「上様。うれしゅうございまする」

竹姫の目に涙が浮かんでいた。

「竹よ。遅くなった」

「いえ。お見えいただいただけで……」

「泣くな。久しぶりにあったのだ。笑った顔を見せてくれい」

好きな女に泣かれるほど、男にとって困惑することはない。

「ご無礼をいたしました」

涙を拭って、竹姫が華のようにほほえんだ。

第五章　忍の未来

一

吉宗の登場で、天英院主催の野点は終了した。天英院も月光院も、相手への嫌みどころでなくなった。

「竹姫が御台所になる」

吉宗が明言を避けたことなど、どこへか飛んでしまい、確定の話として大奥に拡がった。となれば、表にも届く。

あらかじめ報されていた御側御用取次の加納近江守と聡四郎は動揺しなかったが、それ以外の役人たちは右往左往となった。

「上様」

老中戸田山城守忠真《とだやましろのかみただざね》が、御用部屋を代表して吉宗への目通りを願った。

「なんじゃ」

わかっていながら吉宗が問うた。

「御台所さまをお迎えになられるおつもりでございましょうや」

戸田山城守が尋ねた。

「いずれはな」

吉宗が答えた。

「上様のお決めになることでございまするが……」

「なぜ今さらと言いたいのだな」

小さく吉宗が笑った。八代将軍となった吉宗だが、すでに齢《よわい》三十三を数え、子も男子二人がいた。跡継ぎの男子が二人いるだけでなく、側室も公表されているだけで三人いる。世継ぎの心配もなく、女にも困っていない。そんな吉宗が、二十歳も下の竹姫を正室に迎える理由はなかった。

「竹に惚れた」

「おふざけはご勘弁願いまする」

吉宗の本音をあっさりと戸田山城守が流した。

「本当のところをお聞かせくださいますよう」

戸田山城守が吉宗を見た。

「やれ、思いきった政をしすぎたかの。躬のやることにはすべて裏があると思われてしまったようだ」

わざとらしいため息を吉宗が吐いた。

「……………」

戸田山城守は応じず、ずっと吉宗を見つめた。

「……大奥をまとめねばならぬ」

浮かべていた柔和な表情を吉宗が消した。

「大奥が金を喰い続けているのは、競い合っているからだ」

「天英院さまと月光院さまでございますか」

「他におるか。無駄な確認をするな」

吉宗が戸田山城守を叱責した。

「……申しわけございませぬ」

怒られたことが不満なのか、一拍の間を空けて戸田山城守が詫びた。

「人というのは好敵手がいると、どうしても相手に勝ちたいと考えるものだ。男ならば、出世という形で結果が出る。だが、大奥での二人にはあからさまな地位の差がない。それでも相手より勝っていると思うには、見た目で競うしかあるまい。天英院よりもよい小袖を、月光院よりも美しい打ち掛けを。これを繰り返しているのだ。金が湯水のように遣われて当然だろう」

吉宗が今の大奥にまつわる問題を語った。

「では、どうすればいいか。この二人を競わせねばいい。いや、競う原因をなくしてやればいい。そうだ。主ができればいい。新たな御台所が来れば、大奥はまとまるしかなくなる。二人で争おうとしたところで、上から押さえつけられればなにもできまい。逆らうならば、大奥から出されるからな」

「そのために竹姫さまを」

「だけではないわ」

厳しい目つきを吉宗が戸田山城守に向けた。

「山城守、そなたは家宣さま、家継さまの二代にわたって執政を務めていたな」

吉宗が戸田山城守に確かめた。

「はい。お仕えさせていただきました」

「では、なぜ、二人に意見をしなかった。大奥の無駄遣いを止めさせてくれるようにと」

「それは……」

戸田山城守が口ごもった。

「家継さまは子供であった。ゆえにいたしかたない。母に意見などできなかっただろう。その前に政がなにかさえおわかりではなかった。だが、家宣さまは十分に成人なさっておられた。どころか乱れた幕府の引き締めをなさるくらい英明な方だった。そうだな」

「さようでございまする。家宣さまは、生類憐れみの令を即座に廃されるなど、果《か》断《だん》な方でございました」

なぜか五代将軍綱吉に嫌われていた戸田山城守を引きあげたのは家宣である。戸田山城守にとって家宣は恩人であった。

「その家宣さまは、大奥になにをされた」

「……それは」

戸田山城守が詰まった。

「破戒坊主によって乱れた大奥も粛清されるはずだった。そうだな」

「……はい」

しぶしぶ戸田山城守が認めた。

綱吉によって崩れかけた幕府の権威と財政を立て直すため、家宣は六代将軍となった。綱吉が死の床で遺言としてまで命じた生類憐れみの令の継続をさっさと打ち切った家宣に、天下一同が変化を期待した。

だが、家宣はそこまでであった。当初は、家宣も新義真言宗《しんぎしんごんしゅう》隆光《りゅうこう》らによって乱《らん》倫《りん》を極め、寄進と称した無駄遣いをし続けた大奥も取り締まると宣言していた。しかし、就任した家宣が大奥にしたのは、新たな造作《ぞうさく》と拡張普請《ふしん》のための費用十万両の捻出であった。

「なぜ大奥を変えられなかった」

「……」

戸田山城守が黙した。

「答えられぬか。いや、答えるわけにはいかぬか。失政を明らかにし、繰り返さぬようにするのが、当代の執政の役目であろうに」

吉宗があきれた。

「ならば、躬が言ってやる。大奥に手出しできなかったのは、天英院、家宣さまの正室が大奥に取りこまれたからだ」

「…………」

「大奥の主は御台所。天英院は御台所となって舞い上がったのか、周囲に持ちあげられたのか、夫である家宣どのに敵対した」

吉宗が断じた。

「家宣さまは、敵に回った大奥を宥めるため、大金を遣った」

吉宗が憤慨した。

「十万両だ。それだけの金があれば、やれることがどれだけある」

「…………」

「わかっているか。この金は幕府のものだ。家宣さまのものではない」

「…………」

ずっと戸田山城守は沈黙を続けた。

「本来、夫を支えなければならなかった御台所が敵に回った。いわば、夫婦げんかのつけを幕府が払った」

「…………」

「では、なぜ天英院は家宣さまに敵対した。甲府におられたころは、ご夫婦仲がよいとして知られていたお二人がだ」

「わかりかねまする」

　ようやく戸田山城守が反応した。

　家宣は将軍世子《せいし》として江戸城へ移るまで側室を設けないほど、天英院に気を遣っていた。

「まあ、実際は竹橋御殿《たけばしごてん》から遠い御浜御殿《おはまごてん》に一人手を付けた女がいたようだが、一年ほどで死んだようだしな。とにかく、世継ぎがなくては将軍は困る。なにせ、五代将軍綱吉さまに跡継ぎがいなかったことで、おはちが回ってきただけに、そのあたりはよくご存じであったろう。四代さま、五代さまと跡継ぎがいない状況が続き、系統がかなり狂ったからの。もっとも分家から本家へ入った躬の言えた話ではないが」

　皮肉な笑いを吉宗が浮かべた。

「将軍になるなら世継ぎは必須だ。そこで家宣さまは三人の側室を作った。今度は同じ大奥にいる。当たり前だ。将軍は藩主と違い、そうそう城から出られぬ。また、将軍は大奥で女を抱くという決まりがある。庶民で言う妻妾同居というやつだな」

　生母の身分が低く、長く紀州徳川の公子と認められなかった吉宗は、和歌山城ではなく城下で育っている。下々のことにも通じていた。

「己はすでに三十路《みそじ》をこえ、お褥《しとね》辞退だ」

大奥には三十歳をこえた女は、将軍の閨から離れなければならないという慣習もあった。御台所は除外とされているとはいえ、高年齢出産による危険をさけるためとなれば、天英院も受け入れざるをえない。

「そこへ見目《みめ》麗《うるわ》しい若い女が、夫の寵愛を受ける。嫉妬するのも無理はあるまい。側室憎ければ、手を出した旦那も憎い。世情でも、男の浮気を見つけた女房は、高価な着物や小物を買わせて詫びとするという。大奥改修は天英院の慰め料だった。その証拠に、天英院の館は、綱吉さまの正室鷹司信子《たかつかさのぶこ》さまのものを取り壊し、まったく別のところに新たに建てている」

「……………」

ふたたび戸田山城守が口を閉じた。

「嫉妬とは恐ろしいものよな。己が相手にされなくなった女のはとくにきついようだ」

吉宗が口の端をゆがめた。

「わかったであろう。竹を御台所にと考えているわけが。竹は十三歳じゃ。褥辞退まで十七年もある」

「大奥に主を作る。さらに主が上様の敵とならぬよう、閨で慰撫《いぶ》すると」

戸田山城守が繰り返した。

「そうだ」

「失礼ながら、将軍家御台所さまには、条件がございまする」

首肯した吉宗に、戸田山城守が首を左右に振った。

「五摂家あるいは宮家の姫に限りであったな」

「おわかりでございましたか」

「幕府にかかわるすべてを知らずに政はできぬ」

吉宗が胸を張った。

「山城守、そなた知って申しておるのか、躬に御台所の条件を押しつけるのならば天英院のこと」

鋭い目つきで吉宗が問いただした。

「………」

また戸田山城守が口をつぐんだ。

「黙るな。沈黙は肯定ぞ」

吉宗が厳しく言った。

「天英院の出自を言え」

「……近衛基凞さまの」

「黙れ。表向きの話ではないわ」

「……申しわけございませぬ」

戸田山城守が両手をついた。

「ふん。躬は宣したはずだ。幕府のことをすべて知らねば、改革などできぬとな。聞き逃すほど耳が遠いならば、隠居いたせ」

「家宣さまの恥を口にはできませぬ」

額を畳に押しつけて、戸田山城守が慈悲を請うた。

「ならぬ。躬を知らぬと侮った罰じゃ。申せ」

吉宗が命じた。

「……天英院さまは近衛家の姫として家宣さまのもとへ嫁がれたのではございませぬ。武家に娘を差し出すのは家門の傷と考えた近衛基凞卿によって、分家筋の平松《ひらまつ》権中納言《ごんのちゅうなごん》卿の養女となられてから江戸へ下られました」

言い終えた戸田山城守が身体の力を失った。

「権中納言の娘が将軍御台所になったのだ。竹姫の父清閑寺熙定《ひろさだ》どのは、権大納言。

文句はあるまい」

「はい……」

戸田山城守がうなだれた。

「といったところで、よけいな波風を立てる意味はない」

「上様」

はっと戸田山城守が顔をあげた。

「竹を五摂家のいずれかの養女に入れよ。一条でも鷹司でもどこでもいい。竹を養女にしてくれといってな。義理とはいえ将軍の岳父《がくふ》となるのだ。喜んで引き受けてくれるであろう」

「……それは」

戸田山城守が難しい顔をした。

「公家は家格で生きておりまする。格上の娘を下の家に押しつけるのは容易でございますが、逆は……」

「できるかどうかを訊いているのではない。躬は命じているのだ。そなたの答えは、諾《だく》か老中を辞めるかのどちらかだ」

冷たい声で吉宗が告げた。

「あまりでございましょう」

「甘えるな。このていどのことができずして、倒れかけた幕府という大樹を支え、千年先まで残していけるか」

反論しようとした戸田山城守に吉宗が述べた。

「承知いたしましてございまする」

戸田山城守が折れた。

「養子縁組が決まるまで、竹のことを公表はするな。噂が拡がるくらいは許すが、御用部屋は沈黙を守れ。下がってよい」

「わかりましてございまする」

手を振られて、戸田山城守が御休息の間を出ていった。

「上様」

同席していた加納近江守があきれた声を出した。

「山城守さまが哀れでございましょう。公表を禁じておきながら、噂は容認するなど、矛盾でございましょう」

「利用できるものは、噂でも使うべきであろう」

戸田山城守と話していたときとは違った柔らかい口調で吉宗が応じた。

「竹姫さまを御台所にされる。それも五摂家のどこかの養女とする。上様のなかにお心当たりがございましょう」

「近衛以外だな」

「鷹司さまでございましょう」

「……ほう」

指摘した寵臣を吉宗が感心した顔で見た。

「大奥にとって鷹司という名は禁句」

加納近江守が声をひそめた。

「新しい御台所の登場だけでも、大奥は大揺れに揺れましょう。それが養女とはいえ、鷹司の名跡《みょうせき》を冠するとなれば……」

「亡霊たちが動き出すだろうよ」

吉宗も小声になった。

「大奥改革を言っていた家宣を変節させた真の理由。女の嫉妬くらいで十万両など遣うものか。家宣もそこまで愚かではないわ」

寵臣と二人きりである。吉宗が家宣につけていた敬称を取った。

「完全に壊され、新築されたはずの大奥で、ただ一カ所、場所も造作も変わらなかったところが一カ所だけある」

「宇治の間……通称開かずの間」

辺りをはばかるように、加納近江守が密《ひそ》やかに言った。

「そこになにがあるか。それがわかれば、大奥は吾が手に落ちる」

吉宗が右手を目の前に掲げて、握りしめた。

「家光公を三代将軍とした功績で春日局に与えられた大奥。将軍でさえ手が出せぬ格式は、そこから来ている。躬が主である江戸城のなかにそのような場所があってたまるか。かといって強権を使うのは、まだ難しい。躬は将軍となって日も浅く、執政たちも心酔しているとは言い難い。なにより、躬の代わりはいくらでもいる」

「上様」

加納近江守が強い口調で発した。

「事実から逃げてはなるまい。躬は分家から将軍になった。これは前例だ。家康公の血を引いてさえいれば、将軍になれる。それを躬は証明してしまった」

「……………」

吉宗の言葉に加納近江守が頬をゆがめたが、口には出さなかった。

「足下を固めるまで、躬は思いきった手を打てぬ。ゆえに、竹を使う。竹に頼らなければならぬのは情けないが……そうするしかない。このままでは幕府は三代もたぬ」

忸怩《じくじ》たる思いを吉宗が語った。

「近江守、聡四郎に伝えておけ。かならず、竹を守れとな」

「承りましてございまする」

加納近江守が平伏した。

二

噂が走るのは速い。

かつて江戸城で浅野内匠頭《あさのたくみのかみ》が吉良上野介《きらこうずけのすけ》へ刃傷《にんじょう》した話は、わずか六日で京に届いていたという。

吉宗が竹姫を御台所と考えているという噂も同じくらいの速さで京へ届いた。

「よし」

竹姫の実家清閑寺家と縁続きになる一条権大納言兼香《かねよし》が満足そうな顔をした。

一条兼香は五摂家一条家の当主として、近衛基凞と政敵の関係にあった。娘を家宣へ嫁がせた近衛基凞は、武家嫌いの霊元上皇《れいげんじょうこう》によって冷遇されていた。それが家宣の就任によって逆転した。幕府を後ろにつけた近衛基凞が朝廷を牛耳《ぎゅうじ》り、関白と太政大臣《だじょうだいじん》という顕職《けんしょく》を独占した。近衛に押さえつけられた霊元上皇、中御門《なかみかど》天皇たちが再逆転を狙って白羽《しらは》の矢を立てたのが、一条兼香であった。読書家で故事に明るい一条兼香だったが、幕府の力を身にまとう近衛基凞に対抗できず、いまだに大臣にさえなれていなかった。

その一条兼香の秘策が竹姫であった。一条兼香は枝葉につながる鈴音を江戸へ下向《げこう》させ、竹姫と吉宗の仲を取り結ぼうとしていた。

「ようやく実ったの。これで竹が御台所になれば、近衛基凞の力は奪われる」

天英院がいればこそ、近衛基凞は幕府の人脈と財を遣え、朝廷で力を揮《ふる》えるのだ。それが変わる。

一条兼香が興奮するのも当然であった。

「主上《しゅじょう》にお報せせねば」

いそいそと一条兼香が屋敷を後にした。

同じ報告は近衛基凞にも着いた。

「まずいな」

噂を運んだ者を帰し、一人きりになった近衛基凞が苦い顔をした。

「熙子《ひろこ》が大奥から出されれば、余《よ》もそこまでだ」

将軍の岳父というのが、近衛基凞に大きな力を与えている。なれどこれは、新たな岳父が出てくるまでの期間限定であった。

七代将軍家継は婚姻することなく死したため、岳父はいない。そして吉宗の正室理子《まさこ》の父伏見宮《ふしみのみや》は、吉宗が将軍になる前に娘が死去した関係で、将軍岳父としては扱われていない。そういった事情もあって、未だ近衛基凞は幕府に大きな影響を持っていた。

「なんとかせねばならぬ。勅《ちょく》をもって吉宗に吾が一門の娘を娶らせようと画策したが……邪魔者どもめ」

近衛基凞が吐き捨てた。五摂家との縁組みは、朝議《ちょうぎ》の許可が要った。これ以上近衛基凞に力を持たせたくないとの意思が働いたのか、とうとう朝議の決定はなされなかった。

「このままでは、まずい。二度と浮かび上がれぬ」

政にとって人の命は軽い。政とは施政をする者のためにあるのであり、それ以外の者の利など考えていないのだ。政をおこなう者の名誉のための大義名分はあっても、それが果たされ、庶民が潤ったことは未だにない。政でもっとも影響を受ける庶民でさえ、そのていどの扱いなのである。政敵への風当たりが強いのは自明の理である。戦いに敗れた者はすべてを失う。権力はもとより、財も、下手をすれば命さえも奪われる。それが決まりであった。

「手段は二つ……竹姫が嫁に行けぬようにするか、吉宗を……」

「亡き者にしてやろうか」

誰もいないはずの部屋に男の声がした。

「く、くせ者」

あわてて近衛基凞があたりを見回した。

「騒がれるな。今、姿を現す。大声を出されれば、対応せねばならなくなる」

「対応……」

「しゃべれなくなるようにさせていただく」

「……ひっ」

得体の知れない声の脅しに、近衛基凞が腰を抜かした。

「麿《まろ》は前《さき》の太政大臣ぞ。ぶ、無礼は許さぬ」

近衛基凞が虚勢を張った。

「どなたさまであろうが、首を切れば死にましょう」

「ひぃいい」

淡々と言う男に、近衛基凞が震えあがった。

「五摂家といえども、人でござるな。やはり命は惜しいと見える」

近衛基凞の目の前に、影が落ちた。

「わっ」

すぐ目の前に出た影に、近衛基凞が悲鳴をあげた。

「夜分失礼をいたしまする。京の礼儀など心得ておりませぬゆえ、粗暴の段はお許しなされよ」

「だ、誰じゃ」

「名前など意味がございますまい。近衛さまの前の太政大臣という肩書きが、この刃の前ではなんの力ももたぬと同じ」

音もなく影が小刀を抜いた。

「や、やめよ」

手を前に突きだして近衛基凞が身を守ろうとした。

「ご安心を。卿がお騒ぎにならぬかぎり、この刃は無害でござる」

影が小刀を仕舞った。

「……何用じゃ」

数回大きく息を吸って、近衛基凞が少し落ち着いた。

「聞こえておりませなんだか。吉宗を害してさしあげようかと申しました」

「吉宗……将軍を殺すと申すか」

「さよう」

「できるのか」

うなずいた影に、近衛基凞が問うた。

「今の状況をお考えになれば、おわかりでしょう。わたくしはなんの邪魔をうけることなく、前の太政大臣さまのお命を奪えるところまで参りましたぞ」

「公家と武家では守りが違おう」

述べた影に、近衛基凞が言い返した。

「同じでござる。人が人を守る。数が多いか、手練れがいるか、そのていどの差」

「それが大きいのだろうが」

なんでもないと告げる影に、近衛基凞が反論した。

「数と腕、それらを凌駕《りょうが》するだけの腕があれば、問題はございますまい。のう」

影が誰かに話しかけた。

「……」

「たしかに」

「おう」

「さようでござる」

部屋の四隅にいつの間にか、濃い闇がわいていた。

「ひっ……いつのまに」

近衛基凞が驚愕のあまり、ふたたび腰を抜かした。

「最初から、いや、わたくしがここに下りる前から控えておりました」

影が語った。

「そのお歳にしてはお盛んじゃの」

床の間の右隅の闇が笑った。

「な、なにを……。麿《まろ》が津江《つえ》を抱いたのは、昨夜……」

意味を理解した近衛基凞が言葉を失った。

「丸一日お側におりました」

今度は下座左の闇が言った。

「ば、化けもの」

近衛基凞の表情が恐怖にゆがんだ。

「化けものでございますか。人外《じんがい》とは呼ばれましたが、面と向かって化けものと罵られたのは初めてでござる」

笑いを含んだ声を影が出した。

「……人外。忍か」

ようやく近衛基凞が恐怖に気づいた。

影が首肯した。

「さよう。伊賀の郷の者でござる」

「忍などという下賤《げせん》な者が、麿にこのような無礼を……」

嵩《かさ》にかかろうとした近衛基凞が黙った。いつのまにか、影の手に抜き身が握られていた。

「礼儀や格など、生きていればこそでございましょう」

影が刃を納めた。

「次は刃を使いまする。五摂家は卿だけではございませぬ」

「……わ、わかった」

近衛基凞が大きく首を縦に振った。

「さて、お話を進めましょうぞ。吉宗を亡き者といたしましょうや」

「できるのかとは訊かぬ」

実力を見せつけられた近衛基凞が認めた。

「願いはなんだ」

「お察しのよいお方は、好ましゅうございまする」

近衛基凞の質問に、影が満足そうにうなずいた。

「まずは金をいただきたい」

「金など公家に求めるな。摂家筆頭とはいえわずか二千八百六十石しかないのだぞ」

影の求めに近衛基凞があきれた。

「館林どのより、合力《ごうりき》がござろう」

「………」

近衛基凞が黙った。

「館林どのを次の将軍とするための費用」

影がもう一度言った。

「知っているならわかるだろう。あれは公家たちを動かすための金。他のことには遣えぬ」

「館林どの、正確に言えば、松平右近将監清武どのを将軍にするためのものだと」

「そうだ」

確認する影に近衛基凞が同じことを言わせるなといった顔をした。

「ならば、我らのものでござるな」

「なにを申す」

堂々と宣した影に、近衛基凞が啞然とした。

「館林どのを将軍にする。そのためにもっとも要ることをするのは、我らだ」

「もっとも要ること……」

近衛基凞が首をかしげた。

「おわかりでないと。わざと忌避《きひ》しているのかも知れませぬが……今の将軍が死なければ、次は出ようがございますまい」

影があきれた。

「あっ」

「おわかりのようだの。さよう、我らは館林どのを九代将軍とするための最初を担おうとして参りもうした」

やっと理解した近衛基凞に、あらためて影が告げた。

「いくらじゃ」

「まず手付けとして二百両」

「た、高い」

近衛基凞が声をあげた。

表高二千八百六十石の近衛家の年収はおおよそ手取りにして千二百両ほどしかない。その二カ月分を影が要求した。

「安いはずでござる。江戸城に入り、将軍の命を取る。一万両でも安いと思いますが」

影が言った。

「……………」

そのとおりであった。近衛基凞は反論できなかった。

「望みは金だけではあるまい」

「さすがでござるな。格安で将軍殺しを引き受けるだけの理由にお気づきになられるとは」

影が褒めた。

「侮るな」

口調に含まれていた嘲りを近衛基凞が感じ取った。

「望みを言え」

不機嫌な声で、近衛基凞が命じた。

「御所忍《ごしょしのび》の復活を願いたい」

「……御所忍だと。また黴《かび》の生えたものを出してきたな」

近衛基凞が驚愕した。

「戦国のころに絶えたと聞きまする」

「そうだ。家康が潰した」

影の言葉を近衛基凞が認めた。

「朝廷は、祀《まつ》りだけをしていればいい。政は幕府に任せよと言ってな」

「さすがは家康さま。忍の恐ろしさをよくご存じでござるな。忍は政と密接にかかわりますゆえ」

近衛基凞の話に、影が同意した。

忍の本性は、探索である。敵地に忍び、そこの地形や人の数などを見てくるだけでなく、ときによっては、城の奥まで入りこんで、密談を盗み聞きしてくる。相手がどのていどの規模で、どうやって来るかを、最初から知っているかどうかは、勝負の行方を決する重要な要因となる。城の奥まで忍びこむことから、密かに敵将を討ったりするなどもあるが、それは枝葉でしかなかった。

相手の手の内を知っていれば、少なくとも交渉で負けることはない。幕府が、朝廷から忍を取りあげたのも当然であった。

「今さら御所忍でもあるまい」

近衛基凞が首を左右に振った。

「伊賀の郷の者だと申したの。つまりそなたたちは、江戸へ呼んでもらえなかった者たちの末裔《まつえい》だな」

「呼ばれなかったのではござらぬ。行かなかったので」

「今まで郷に引きこもってきたのが、なぜ出てこようとした」

影の抗議を無視して、近衛基凞が問うた。

「野良犬の生きにくい世になりました。後ろ盾のない者の辛さ、おわかりにはなりますまい」

重い声で影が答えた。

「大名は……無理か」

「幕府に知られたあとの報復を覚悟してまで、忍を新たに抱えようとする大名などございませぬ」

言いかけて自分で否定した近衛基凞に、影が加えた。

「朝廷も同じだ。幕府から禄を与えられて、その顔色をうかがいながら、生きていかねばならぬ」

憮然とした顔で近衛基凞が言った。

「今回は違いましょう。もし、近衛さまのお力で館林さまが九代となられれば、幕府も相応の譲歩をいたしましょう。そう、たとえば近衛さまへの加増が他より多いとか」

「……御所忍の禄を麿に預けると。それは、麿に朝廷の探索方を任せることだぞ」

影の言いたいことを近衛基凞が悟った。

「よろしゅうございましょう。御所忍のまとめを近衛家の世襲とすれば……」

「忍を使って公私ともに探られる……他の摂家たちは、近衛に逆らえぬか。名実ともに近衛が筆頭公家となる。関白を世襲とすることも夢ではない」

過去、武家嫌いの霊元天皇と不仲だった近衛基凞は、関白まであと一歩の左大臣まで来ていながら、格下だった右大臣一条兼輝《かねてる》にさらわれた経緯があった。慣例と前例で生きている公家にとって、順当でない官職の就任は驚きであり、抜かされた者は満座のなかで恥を掻かされたことになる。その屈辱を思い出したのか、近衛基凞が表情を苦いものにした。

「できるのか」

近衛基凞が影を見つめた。

「失敗しても二百両の損失だけでござる。たとえ、失敗し捕まっても忍の口は貝より堅い。決して卿のお名前が表に出ることはござらぬ」

影が保証した。

「二百両か。しばし、待て」

「ああ。けっこうでございまする」

金を取りに行こうとした近衛基凞を影が制した。

「鳶《とび》」

「すでに」

影が床の間の右隅へ声をかけ、闇が応じた。

「……いつのまに」

闇から伸びた手の上に切り餅が八つ載っていた。

「では……」

「待て」

辞そうとした影を近衛基凞が止めた。

「そなた名前は」

「伊賀の郷忍の長《おさ》、藤林耕斎《ふじばやしこうさい》。では……」

名乗った影が暗がりへと溶けた。

「消えた……まさに人外……いかぬ」

あわてて近衛基凞が、部屋の四隅を見た。

「いない……」

近衛基凞がほっとした。

「……これならば、できるかも知れぬ。吉宗を排せれば、館林に大きな恩が売れる。家宣どのの御世《みよ》より、いい思いができようぞ」

震えを押さえこんで、近衛基凞が目の光を強くした。

「館林に話をせねばならぬ。金の追加をしてもらわぬとな。いや、隠し扶持を増やしてもらわねばならぬ。忍を飼うには金がかかる」

小さく近衛基凞が笑った。

三

近衛屋敷を出た藤林耕斎たちは、洛北《らくほく》の廃寺へ集まった。

「うまくいったようだな」

戻ってきた藤林耕斎を藤川義右衛門が迎えた。

「手練《てれん》手管《てくだ》で武家の時代を生き残ってきた公家の統領だと聞いていたが、我ら伊賀の手にかかれば、赤子のようであったわ」

耕斎が笑った。

「金はもらっただろうな」

「うむ。伊賀は掟を果たす以外でただ働きはせぬ」

藤川の問いに耕斎がうなずいた。

「これで文句はなかろう」

「恩着せがましい顔をするな」

耕斎が不愉快だと藤川に言った。

「我ら郷の者を雇いに来ておきながら、金はないなどとふざけたことを言いおったのは、誰だ」

　耕斎が藤川を睨みつけた。

「ない代わりに金主《きんしゅ》を紹介した。そのうえ、これから伊賀の郷が生きていく法も教えただろう。御所忍になれと」

　藤川が応じた。

「それが気に入らぬ。なぜ御所なのだ。館林公が将軍となられたとき、我らを新しい伊賀組として抱えてくださればよいではないか」

　耕斎が不満を口にした。

「ふん。だから郷は駄目なのだ」

　鼻先で藤川が嘲った。

「なんだと」

「……………」

　耕斎だけでなく、他の郷忍たちも藤川へ殺気を向けた。

「怒るな。話を聞け。よいか、幕府の伊賀者となる。だがそこまでだ。最下級の同心として、喰うに窮するほどの薄禄で、他の幕臣たちから馬鹿にされ続ける。そんな思いを子々孫々までさせたいのか」

「させたいわけなかろう。だが、それと御所忍がどうかかわるというのだ」

耕斎が黙った。

「少しは考えろ。よくそれで頭領が務まるな。郷は頭領の家に生まれただけで、次の頭領になれるのだろうが……」

「きさま……」

嘲笑されて耕斎が怒った。

「腹を立てるより、頭を使え。いいか、幕府の伊賀者に先はない。禄を与えているからとこき使われて終わりだ」

藤川が告げた。

「御所忍も同じであろう。禄をもらい、飼われるのは同じだ」

耕斎が反論した。

「見た目はな。いや、幕府伊賀者より待遇は悪いだろう。朝廷に金はない」

「どういう意味だ。我らをはめたというならば、生きては帰さぬぞ」

険しい目で耕斎が藤川を睨んだ。

「敵を利用しろと教えなかったのか、おまえの父は」

藤川があきれた。

「敵……」

「幕府にとって敵は誰だ」

わからないと首をかしげた耕斎に、藤川が尋ねた。

「島津か毛利《もうり》、あるいは伊達《だて》か」

名だたる外様大名の名前を耕斎が告げた。

「違うな。外様が反旗を翻したところで、幕府には勝てぬ」

「なぜだ」

耕斎が訊いた。

「大義名分がないからだ。大義名分がなければ、他の大名たちの与力《よりき》はない。なにより民たちの支持を得られぬ」

「大義名分……」

「そうだ。徳川を滅ぼすため、人を集めるための大義名分だ。それを持っているのは朝廷だ。朝廷が徳川から征夷《せいい》大将軍の地位を剝奪《はくだつ》するといえば……」

「天下は敵になるか」

説明を受けて耕斎が理解した。

「そうそう朝廷が徳川と対する気になるとは思えぬが、いつまでも公家どもが辛抱できるとは限らぬ。いや、いつか朝廷を担ごうとする者が出てくるだろう。そうなったとき、徳川の準備ができているかどうかで、天下の行方が変わる」

「……我らを草《くさ》として使うつもりか」

耕斎が顔色を変えた。

草とは、伊賀の忍言葉で、地元に根付く者のことをいう。敵地に入りこみ、定職を得て、代を重ねていく。普通の人と同じように生活して周囲に溶けこみ、簡単に知ることのできない敵地の情報を手に入れる。なかには武家として藩主に仕え、重職まで出世した者もいる。

「そこが郷忍の駄目なところだ。なぜ、そこで使われると考える。使われるのではなく、幕府へ朝廷の動向を売りつけると思えぬか」

大きく藤川が首を左右に振った。

「売りつける……」

「そうだ。草として飼われれば、決まった隠し扶持をもらえるだろうが、微々たるものにしかなるまい。対してことがことだけに、売りつけるとなればどれほどの金額になるか。千両でも払われよう」

「……千両」

「千両だと」

「なんと」

耕斎とその配下たちが金額の多さに驚愕した。

「幕府が倒れるかどうかの瀬戸際だ。一万両でも安いだろう。もっとも一万両など要求しては、交渉の前に話の中身が重大な事象と知られてしまう。朝廷で重大といえば、倒幕しかないからな」

「なるほど、適応の金額というわけか」

耕斎が納得した。

「御所忍の意味がわかったか」

「ああ。で、おぬしは幕府隠密頭をすると」

確認する藤川に、耕斎が言い返した。

「いいや。吾は館林さまが将軍になられたら、忍を辞める。旗本になる」

「旗本……修行が辛くなったか。堕落だな」

耕斎が嘲笑した。

「死ぬほどの鍛錬をして三十俵三人扶持だぞ。それにどれほど手柄をたてようが、同心から出世することはない。こんな馬鹿らしい役目などやっていられるか。ようやく来た好機ぞ。吾は伊賀の縛りを捨てるために、忍の技を使う」

藤川が宣した。

「できるのか。伊賀は伊賀だ。忍は何代たとうとも忍」

疑いの目で耕斎が藤川を見た。

「できる。それほど将軍交代というのは大きなことなのだ」

自信をもって藤川が言い切った。

「いいか。吾が命をかけている。おぬしたちが手を抜くようであれば、許さぬ」

藤川がきつく耕斎たちを睨んだ。

「金を出さぬくせに、偉そうな」

不愉快だと若い忍が反した。

「郷の女忍が失敗しなければ、吾はここにいなかった。責はそちらにある」

感情を露わに藤川が文句をつけた。

「うっ」

若い忍が黙った。

「失敗しただけではない。袖にいたっては、裏切りおった」

藤川が憎々しいと吐き捨てた。

「それが信じられぬ。伊賀の女忍が寝返るなど、あり得ぬ」

耕斎が否定した。

「吾がこの目で見たゆえ申しておる。竹姫襲撃のおり、怪我を負って用人に助けられた袖が、我ら伊賀者の動きを教えた。そのため、我らの手だては潰れ、二人の同心が死に、吾が組を捨てて逃げ出すしかなかった」

思い出した藤川が、悔しそうに顔をゆがめた。

「まことか」

「しつこいぞ。ならば伊賀の誓いをたててやろう。吾の言葉には一つの偽りもない」

そう口にした藤川が、少しだけ鞘《さや》から出した忍刀に両手の親指を触れさせて傷を作った。

「見ろ」

その傷を二つ合わせ、あふれている血を混ぜた。これは、己から出たものは、己に帰るとの意味を表し、言葉が偽りであった場合、その報いを受けるとの誓いであった。

「……うむう」

血を流した藤川に、耕斎がうなった。この誓いは、同じ伊賀者だけにしか意味をもたない。つまり誓いは仲間から疑われたという証であり、両親指の傷は伊賀者にとっての恥であった。その恥を理解しながら、躊躇《ちゅうちょ》しなかった藤川に耕斎は黙るしかなかった。

「三人の女忍が死に、袖が裏切った。吉宗とはそこまで恐ろしい男なのだな」

耕斎が嘆息した。

「そうだ。吉宗の守りは堅い。まず、江戸城の内廓《うちぐるわ》には、甲賀者の結界《けっかい》が張られている」

藤川が詳細を話し始めた。

甲賀者もやはり家康に誘われて、近江から江戸へと移った。ただ、伊賀者と違い、甲賀者は与力《よりき》として、大手門の警固を任された。忍としての本業である隠密御用は最初から与えられていなかったが、忍としての誇りを捨てた代わりに、甲賀者は禄と身分を手にしていた。

「忍でない甲賀者など、我らの敵ではない」

耕斎が胸を張った。

「それをこえても本丸には、伊賀の守りがある」

「伊賀のか。それは、おぬしがどうにかしろ」

続けた藤川に、耕斎が命じた。

「まさか、できぬなどとは言うまいな」

「……すべての守りははずせぬ。吾にできるのは、守りに穴を開けるていどだ」

藤川が語気を弱めた。

「それで十分だ。あと、本丸の見取り図は書いてもらうぞ」

「任せろ。伊賀者でなければ知らぬ道も教えてやる」

「うむ」

満足そうに耕斎が首を上下させた。

「耕斎よ。あともう一つ関門がある」

藤川が声音を引き締めた。

「……御庭之者だな」

「そうだ。あやつらの壁は固い」

無念そうに、藤川が述べた。

「根来《ねごろ》忍の亜流と侮《あなど》ってはならぬと」

「腹立たしいが、組の手練れでも同数ではかなわぬ」

問う耕斎へ藤川が悔しそうに顔を伏せた。

「江戸の伊賀組の手練れていどだからだ。伊賀の郷で生まれたときから修行してきた我らにとって、御庭之者など敵ではない」

若い郷忍がうそぶいた。

「うむ」

「そうだ。我らに一対一で勝てる者など、この世にはおらぬ」

次々と郷忍たちが、同意した。

「慢心は身を滅ぼすぞ」

藤川が忠告した。

「わかっている。油断さえせねばすむことだ。知りたいことはこのくらいだな」

耕斎が話を終わらせた。

「では、江戸へ」

「おう」

勢いこんだ藤川に、耕斎が応じた。

四

館林藩家老山城帯刀は、聡四郎たちの腕を確かめるための刺客が返り討ちにあったとの報告を受けていた。

「まあ、一人で勝てるとは思っていなかったが……」

「あれはいけやせん。旦那」

江戸の顔役の一人尾張《おわり》屋が声を重くした。江戸で知られた顔役を表だって屋敷に呼びつけるわけにもいかず、二人は尾張屋の経営する料理茶屋で密談していた。

「山城さまの御用でございましたので、わたくしが自ら出張《でば》って見て参りましたが……旗本の用心棒だろうと思える年寄りがとんでもございません」

尾張屋が大きく息を吐いた。

「それほどか」

「はい。一応、今回用意した浪人は、わたくしどもの抱えている者のなかでは、手練れに入りまする。とある小藩で四天王と呼ばれていたほど……もっともこれは本人の申告で、真実かどうかは確かめておりませんが」

苦笑を尾張屋が浮かべた。

「……今まで八度刺客を向けましたが、すべて一太刀で仕留めました。なかには、名の知れた剣術道場の師範代もおりました」

顔を引き締めて尾張屋が続けた。

「それがあっさり……か」

「はい」

尾張屋が首肯した。

「そなたはどう見た」

山城帯刀が訊いた。

「さようでございますな。あの年寄りの用心棒を排除するには、少なくとも三人、それもかなりの手練れが要りましょう」

少しだけ考えて、尾張屋が言った。

「三人いれば、御広敷用人を殺せるのだな」

「いいえ。三人では、年寄りの用心棒を倒すこともできませぬ。せいぜい、囲んで用人を助けにいけぬようにするのがいいところでございましょう」

尾張屋が否定した。

「面倒くさい言いかたをするな。何人用意すれば、用人を討ち果たせる」

気の短い山城帯刀が怒った。

「無理でございまする」

はっきりと尾張屋が告げた。

「わたくしが手配できる数では届きませぬ」

「なんだと」

山城帯刀が目を剝いた。

「確実を期すならば、町道場主と同じくらいの技量を持つ刺客を最低で六人、それに弓か鉄砲などの飛び道具を二つ」

尾張屋が述べた。

「全部で八人ではないか。それくらいなら……」

「道場を開けるだけの腕を持った刺客など、江戸中で五人もおりませぬ。それにわたくしの手元でとなりますと一人。あとは全部他の顔役のもとでございますれば」

「借りてこい」

「無茶を。他の顔役とは、縄張りを巡って殺し合う仲でございまする。その仇敵に、保持しているなかで最大の戦力を貸し出す。そのような間抜けはおりません。貸し出しているあいだに、襲われたらそれまででございまするから」

命じる山城帯刀へ尾張屋が理由を語った。

「なんとかせい。そのために金を払っている」

無理を山城帯刀が押しつけようとした。

各大名家には出入りする町奉行所の役人と無頼の元締めがいた。どちらも藩士が江戸の町でもめごとを起こしたときの対処のためであった。

町奉行所の役人は、藩士たちが町屋で悪さをしたとき、それを内済としてもらうためであった。そして元締めは、美人局《つつもたせ》や博打などに藩士たちがはまってしまったときの後始末を任せるためであった。これを世話金《せわがね》と称していた。

「では、お出入りは今日までとさせていただきましょう」

尾張屋が口調を変えた。

「なんだと」

「わたくしどものことを軽くお考えのごようすでございますが、刺客を育てるのにどれだけ手間がかかるか、おわかりでございますか。乱世ならいざ知らず、泰平の世で人を殺すというのは、なかなかに重いこと。人殺しは御上から追われまする。道を歩いていても、家で寝ていても、岡場所で妓《おんな》を抱いていても、いつ捕り方が来るかと気を張っていなければならない。普通なら狂いまする。それをわたくしは手助けしなければなりません。男というのは不安になれば、女を欲しがりまする。そんなときなんでも言うことをきいてくれる女をあてがったり、決して捕り方に知られない安全な隠れ家を提供したりと、どれほどの手間がかかりまするか。そうやってようやく遣えるようになった刺客を失っては、大損でございまする」

「……きさま」

面と向かって非難された山城帯刀が蒼白になった。

「金だけで人を動かそうなど甘《あも》うございますな。金だけならば、なにもこちらさまでなくともよろしゅうございまする。世話金だけなら、商家のほうが、お侍さまよりり気前がよろしゅうございまする」

「無礼な」

山城帯刀が太刀の柄に手をかけた。

「おやりになりますか。おい」

尾張屋の合図で、部屋の襖が開き、浪人者が三人入ってきた。

「一寸でも抜いてごらんなさい。その首は胴から離れますよ」

凄みのある声で尾張屋が忠告した。

「……」

荒《すさ》んだ雰囲気の浪人に囲まれた山城帯刀が浮かしかけた腰を下ろした。

「足下の明るいうちにお戻りを」

尾張屋が帰れと手で出入り口を示した。

「きさま、わかっているのだろうな。吾が殿が将軍となられたら、きっとこのままには捨て置かぬ」

山城帯刀が脅した。

「そうなるまで、あなたさまがご無事であればよろしゅうございますがね」

嘲笑を目に尾張屋が返した。

料理屋を出た山城帯刀の前に、藤川が立った。

「きさま、どこに行っていた。きさまが用人を襲えと申すゆえ手配をしたが……」

怒りで山城帯刀の身体が震えた。

「申しわけございませぬ」

「詫びてすむ話ではないわ。館林の家老の、いや、いずれ老中となって天下の執政となる儂が、町人ごときにあしらわれたのだぞ」

「それならば……」

藤川が山城帯刀の後ろへ目をやった。

「なんだ……誰だ」

振り向いた山城帯刀から二間（約三・六メートル）ほどのところに四人の影が立っていた。

「伊賀の郷忍でございまする。我らに与力いたしまする」

藤川が紹介した。

「郷忍がか。それはいいが……なにを抱えておる」

暗がりでよく見えなかった山城帯刀が目をこらした。

「それは……うわっ」

山城帯刀が後ろへ飛びすさった。

「尾張屋……」

「さよう。それと用心棒三人の首でござる」

絶句する山城帯刀に、藤川が告げた。

「み、見ていたのか」

「郷忍招聘《しょうへい》のご報告をしようと、山城どのを探しておりましたところ、尾張屋の傲岸不遜《ごうがんふそん》を見ましたゆえ、罰を与えてくれました」

「儂が尾張屋と別れたのは、つい今しがただぞ」

山城帯刀が啞然とした。

「あのていどの輩《やから》を殺すに瞬《まばた》きするほどの間も要りませぬ」

藤川が誇った。

「いかがでござる。これならば、あの城の奥におられる御仁も」

江戸城へ藤川が顔を向けた。

「これだけで足りるのか。御休息の間は複数の御庭之者で守られている。そう申したのはそなたただぞ」

山城帯刀が危惧を表した。

「一同」

藤川がふたたび合図をした。とたんに影が数倍に増えた。

「ひっ」

前兆もなくわいた伊賀の郷忍に山城帯刀が息を呑んだ。

「伊賀の郷忍の一流、藤林の配下すべてでござる」

尾張屋の首を掲げた忍が口を開いた。

「藤林耕斎と申しまする。以後よしなに」

耕斎が一礼した。

「ふ、藤川。こやつらが、そなたの配下になったのだな。ならば、吾が命に従わせよ」

山城帯刀が腰を引いたままで述べた。

「いいえ。さきほども申しましたように、与力でございまする。我らと郷忍の目的が同じゆえ、合同でことにあたろうと」

「目的……伊賀の郷忍が上様の命を……」

「京でございまする」

藤川が告げた。

「……朝廷か。伊賀の郷忍は朝廷に雇われたのだな」

さすがに家老をするだけのことはある。ただちに山城帯刀は藤川の言葉を理解した。

「はい。ことがなれば、郷忍は御所忍として抱えられまする」

「御所忍……もうなくなったはずだ。家康さまが取りあげた……そうか。御所忍が要るときが来ると朝廷は考えた。自らの耳目《じもく》を持つ気になった……」

呟いた山城帯刀が、藤川を見つめた。

「朝廷が御所忍を持つ。なんのためだ。倒幕以外にない。その御所忍が儂の前に姿を現した。その意味は……」

藤川から耕斎へと山城帯刀は意識を変えた。

「儂とつながっておきたいのだな」

「……さすがでございますな」

耕斎が感心した。

「御所忍の禄だけでは喰えませぬ」

「隠し扶持だな。出そう。一人あたり五人扶持でいいか」

山城帯刀が身を乗り出した。一人扶持は、一日に玄米五合を支給する。五人扶持だと、一年でおよそ九石になった。

「不要でござる」

「……」

あっさりと断られた山城帯刀が呆然とした。

「禄が要らぬと」

「紐《ひも》付きになる気はござらぬ」

耕斎が拒否した。

「……紐付きになるつもりはない……つまり、そのときどきに応じて与《くみ》する相手を変える……」

「さよう。もっとも高い金を出す相手と組む。これこそ伊賀の本道。今回は顧客となるであろうお方への顔見せ」

忍頭巾の下で耕斎が含み笑いをした。

「よいのか。殿が将軍となられたら、儂は老中だ。その老中の誘いの手を払って。伊賀を滅ぼすなど容易な……」

そこまで言ったところで、山城帯刀へ丸いものが飛んできた。耕斎が尾張屋の首を山城帯刀へ投げつけたのだ。

「……ひ、ひい」

反射的に受け取った山城帯刀が、あわてて手にしたものを捨てた。

「こうなりたいようだな」

耕斎が低い声を出した。

「藤川」

逃げ腰になりながら、山城帯刀が藤川に助けを求めた。

「抑えてくれ。儂の雇い主だ」

藤川が耕斎をなだめた。

「次はないぞ」

「わかっている」

苦虫を嚙みつぶしたような顔で、藤川がうなずいた。

「山城さま、もう大事ございませぬ。今宵のところはお戻りを」

「あ、ああ」

促されて山城帯刀が急ぎ足で去っていった。

「……さて」

山城帯刀の姿が見えなくなるのを待って、藤川が耕斎へと顔を向けた。

「脅しすぎだ」

「あれくらいせぬと、侍は忍をなめてくるからな」

文句を言う藤川に、耕斎が反論した。

「あとで苦情を聞かされるのは、儂だぞ」

「それも禄のうちだ。辛抱せい」

耕斎が受け流した。

「これで」

耕斎が背を向けた。

「どこに居《きよ》を置く」

藤川が問うた。

「わからぬ。連絡《つなぎ》はこちらから入れよう」

場所を耕斎は明らかにしなかった。

「……わかった」

苦い顔を続けたままで、藤川が納得した。

「ではな」

もう一度耕斎が別れを告げた。

「見に行くのか」

その背中に藤川が声をかけた。

「……ああ」

耕斎が足を止めた。

「本当に袖が郷を裏切ったのかどうか、確認しなければならぬ。そして……」

一度言葉を切った耕斎が、首だけ動かして藤川の目を見つめた。

「裏切りが真実ならば、袖を。偽りならば、おまえを殺す」

「……………」

風のように襲ってくる殺気に藤川が身構えた。

「吉宗をやる日は、後日報せる」

今度こそ耕斎が闇へ溶けた。

野点の会が終われば、聡四郎も暇になった。そうそう行事は繰り返されない。もともと何々が欲しい、どこそこのなにを買ってこいなどということの少ない竹姫である。その代わり、周囲がうるさくなった。

「竹姫さまが御台所となられるのか」

最先任の御広敷用人、小出半太夫が血相を変えて聡四郎に問うた。

「そのようなお話は上様よりうかがっておりませぬ」

「隠すな。同役であろう」

知らないと答えた聡四郎に、小出半太夫が食い下がった。

小出半太夫にとっては大事であると聡四郎も理解していた。御広敷用人は大奥の女たちに骨抜きにされた御広敷を取り戻すため、吉宗が新設した役目である。御広敷を支配し、大奥の女たちを監視する。形としてそれぞれが担当する局を持ち、その相手によって序列が決まる。今は、最先任の小出半太夫が筆頭の地位にいる。だが、それは御台所がいないからであり、竹姫が御台所となればその用人である聡四郎が最上席になる。

筆頭になったからといって手当が増えるわけではないが、名誉を重んじる武家である。後輩に追い抜かれるというのは、外聞が悪かった。

「隠しているわけではございませぬ。ご老中方よりご発表があったわけでもございませぬし、ご婚礼の用意を命じられてもおりませぬ」

聡四郎は重ねて否定した。

将軍の婚礼ともなると用意も大変である。御台所となる女性《にょしょう》の衣服の新調から、小間物の手配など、それこそ江戸中の商人が走り回るほどの大事になる。密かにできようはずはなかった。

「たしかに」

小出半太夫が少し落ち着いた。

「なにかあれば、かならず筆頭の儂に報せよ」

「上様のお許しがあれば」

先達として命令してきた小出半太夫に聡四郎は、無条件に従わないと宣した。

「では、御免」

うるさくなった聡四郎は、いつもなら最後まで残る御広敷用人部屋を後にした。

「水城さま」

「そなたは穴太《あのう》とか申したな」

用人部屋を出たところで声を掛けてきた御広敷伊賀者を聡四郎は覚えていた。

「はい。穴太小介でございまする」

小腰を折って慇懃《いんぎん》に穴太が名乗った。

「何用じゃ。先日のような駆け引きならば、無駄ぞ」

聡四郎は釘を刺した。

「あのおりはご無礼をいたしました。本日はお耳に入れておきたいことがございまして」

あたりをはばかるように穴太が声を落とした。

「なんだ」

「これを」

近づいた聡四郎にすばやく穴太が小さく折りたたんだ紙を手渡した。

「御広敷で伊賀の耳を避けるのは難しゅうございますれば……」

聞き耳があると穴太が言った。

「……わかった。返答は要るか」

「いいえ」

穴太が首を左右に振った。

「わかった。ご苦労であった」

「では」

さっと穴太が離れていった。

聡四郎は紙を懐に入れると、そのまま屋敷への帰途についた。

「今日はなにもなかったの」

もうすぐ屋敷というところで入江無手斎が笑った。

「そうそう襲われてはたまりませぬ」

聡四郎は苦笑した。

「……うん」

入江無手斎が足を止めた。

「どうかなさいましたか」

「風がな、みょうな方向に吹いたような」

訊かれた入江無手斎が手のひらを肩の上にあげ、風を感じるように拡げた。

「気のせいか」

「わたくしはなにも」

一応聡四郎も周囲の気配を探ったが、なにも反応はなかった。

「屋敷に入ろう」

「はい」

二人は屋敷へと向かった。


「…………」

閉じていた瞳をひらいた袖が天井をじっと見つめた。

「おるであろう」

「なんだ」

呼ばれた大宮玄馬が応答した。

「誰かを呼んでくれ」

「吾ではいかぬのか」

大宮玄馬が襖を開けた。

「ちとつごうが悪い。小用《しょうよう》だ」

袖が少しだけ大宮玄馬から目をそらした。

「……わかった」

気まずそうに大宮玄馬が襖を閉めた。

「誰か、お女中」

廊下で大宮玄馬が声をあげて手を叩いた。

「………」

それと合わせるように天井板がずれ、小さな紙つぶてが袖に向かって投げつけられた。

「………」

すばやく袖が紙つぶてを拾い、夜具の下へと隠した。

「ごめんなされませ」

陶器製の溲瓶《しびん》を持った女中が襖を開けて入ってきた。

屋敷へ戻った聡四郎は夕餉を終えたところで、穴太から渡された紙を拡げた。

「伊賀の郷から忍が出てきているだと」

そこには、伊賀の郷忍の江戸入りが記されていた。

「人数、居場所は不明。偶然見かけたとあるが……」

江戸の伊賀者同心は家督を継ぐ前に、忍術修行のため伊賀の郷へ出向く。そのとき知り合った郷忍の一人を江戸で見かけたと穴太は報せてきていた。

「また掟か。しつこい」

伊賀の郷忍が江戸まで来る理由を、聡四郎はそれしか思いつかなかった。

「袖と話をせねばならぬな」

入江無手斎から言われていた袖との話を聡四郎は野点の忙しさに後回しにしていた。

同じとき、一人になった袖も紙つぶてをほぐしていた。

「……裏切っていない証を立てよと言われるか、頭領」

内容を読んだ袖が目を閉じた。

「これを使えと言われるか」

手紙に包まれるように五分《ぶ》（約一・五センチメートル）ほどの小針が入っていた。

小針の先がまだらに光を反射している。

「毒……」

じっと小針を見つめた袖が、注意深く左手のなかに握りこんだ。

「おい」

ふたたび袖が、大宮玄馬へ声をかけた。

「今度はなんだ」

大宮玄馬が襖を開けて顔を出した。

「おぬしの主を呼んでくれ。話がしたい」

真剣な表情で袖が頼んだ。

図版・表作成参考資料

『江戸城をよむ——大奥　中奥　表向』（原書房）

光文社文庫

文庫書下ろし／長編時代小説
茶《ちゃ》会《かい》の乱《らん》　御《お》広敷《ひろしき》用人《ようにん》 大奥《おおおく》記録《きろく》(六)

著者　上《うえ》田《だ》秀《ひで》人《と》

2014年7月20日　初版1刷発行

発行者　鈴木広和
印刷　萩原印刷
製本　ナショナル製本

発行所　株式会社 光文社
〒112-8011　東京都文京区音羽1-16-6
電話 (03)5395-8149　編集部
8116　書籍販売部
8125　業務部

落丁本·乱丁本は業務部にご連絡くだされば、お取替えいたします。
ISBN978-4-334-76765-5　Printed in Japan

組版　萩原印刷

お願い　光文社文庫をお読みになって、いかがでございましたか。「読後の感想」を編集部あてに、ぜひお送りください。

　このほか光文社文庫では、どんな本をお読みになりましたか。これから、どういう本をご希望ですか。

　どの本も、誤植がないようつとめていますが、もしお気づきの点がございましたら、お教えください。ご職業、ご年齢などもお書きそえいただければ幸いです。当社の規定により本来の目的以外に使用せず、大切に扱わせていただきます。

光文社文庫編集部